荷花淀

孙犁———著

天津出版传媒集团

天津人民出版社

图书在版编目（CIP）数据

荷花淀 / 孙犁著 . — 天津：天津人民出版社，
2018.6

ISBN 978-7-201-13425-3

Ⅰ . ①荷… Ⅱ . ①孙… Ⅲ . ①短篇小说—小说集—中
国—当代 Ⅳ . ① I247.7

中国版本图书馆 CIP 数据核字 (2018) 第 096110 号

荷花淀

HE HUA DIAN

出　　版	天津人民出版社	
出 版 人	黄　沛	
地　　址	天津市和平区西康路 33 号康岳大厦	
邮政编码	300051	
邮购电话	（022）23332469	
网　　址	http://www.tjrmcbs.com	
电子邮箱	tjrmcbs@126.com	
责任编辑	赵　艺	
装帧设计	鱼京山鸟	
制版印刷	河北鹏润印刷有限公司	
经　　销	新华书店	
开　　本	880×1230 毫米　1/32	
印　　张	6.5	
字　　数	120 千字	
版次印次	2018 年 6 月第 1 版	2018 年 6 月第 1 次印刷
书　　号	ISBN 978-7-201-13425-3	
定　　价	35.00 元	

目 录
Contents

荷花淀

——白洋淀纪事之一

　　月亮升起来，院子里凉爽得很，干净得很，白天破好的苇眉子潮润润的，正好编席。女人坐在小院当中，手指上缠绞着柔滑修长的苇眉子。苇眉子又薄又细，在她怀里跳跃着。

　　要问白洋淀有多少苇地？不知道。每年出多少苇子？不知道。只晓得，每年芦花飘飞苇叶黄的时候，全淀的芦苇收割，垛起垛来，在白洋淀周围的广场上，就成了一条苇子的长城。女人们，在场里院里编着席。编成了多少席？六月里，淀水涨满，有无数的船只，运输银白雪亮的席子出口，不久，各地的城市村庄，就全有了花纹又密又精致的席子用了。大家争着买：

　　"好席子，白洋淀席！"

　　这女人编着席。不久在她的身子下面，就编成了一大片。她像坐在一片洁白的雪地上，也像坐在一片洁白的云彩上。她有时望望淀里，淀里也是一片银白世界。水面笼起一层薄薄透明的雾，风吹过来，带着新鲜的荷叶荷花香。

但是大门还没关，丈夫还没回来。

很晚丈夫才回来了。这年轻人不过二十五六岁，头戴一顶大草帽，上身穿一件洁白的小褂，黑单裤卷过了膝盖，光着脚。他叫水生，小苇庄的游击组长，党的负责人。今天领着游击组到区上开会回来。女人抬头笑着问：

"今天怎么回来得这么晚？"站起来要去端饭。水生坐在台阶上说：

"吃过饭了，你不要去拿。"

女人就又坐在席子上。她望着丈夫的脸，她看出他的脸有些红涨，说话也有些气喘。她问：

"他们几个哩？"

水生说：

"还在区上。爹哩？"

女人说：

"睡了。"

"小华哩？"

"和他爷爷去收了半天虾篓，早就睡了。他们几个为什么还不回来？"

水生笑了一下。女人看出他笑得不像平常：

"怎么了，你？"

水生小声说：

"明天我就到大部队上去了。"

女人的手指震动了一下，想是叫苇眉子划破了手，她把一个手指放在嘴里吮了一下。水生说：

"今天县委召集我们开会。假若敌人再在同口安上据点，那和端村就成了一条线，淀里的斗争形势就变了。会上决定成立一个地区队。我第一个举手报了名的。"

女人低着头说：

"你总是很积极的。"

水生说：

"我是村里的游击组长，是干部，自然要站在头里，他们几个也报了名。他们不敢回来，怕家里的人拖尾巴。公推我代表，回来和家里人说一说。他们全觉得你还开明一些。"

女人没有说话。过了一会儿，她才说：

"你走，我不拦你，家里怎么办？"

水生指着父亲的小房叫她小声一些，说：

"家里，自然有别人照顾。可是咱的庄子小，这一次参军的就有七个。庄上青年人少了，也不能全靠别人，家里的事，你就多做些，爹老了，小华还不顶事。"

女人鼻子里有些酸，但她并没有哭，只说：

"你明白家里的难处就好了。"

水生想安慰她。因为要考虑准备的事情还太多，他只说了两句：

"千斤的担子你先担吧。打走了鬼子，我回来谢你。"

说罢，他就到别人家里去了，他说回来再和父亲谈。

鸡叫的时候，水生才回来。女人还是呆呆地坐在院子里等他，她说：

"你有什么话嘱咐嘱咐我吧。"

"没有什么话了，我走了，你要不断进步，识字，生产。"

"嗯。"

"什么事也不要落在别人后面！"

"嗯，还有什么？"

"不要叫敌人汉奸捉活的。捉住了要和他拼命。"这才是那最重要的一句，女人流着眼泪答应了他。

第二天，女人给他打点好一个小小的包裹，里面包了一身新单衣、一条新毛巾、一双新鞋子。那几家也是这些东西，交水生带去。一家人送他出了门。父亲一手拉着小华，对他说：

"水生，你干的是光荣事情，我不拦你，你放心走吧。大人孩子我给你照顾，什么也不要惦记。"

全庄的男女老少也送他出来，水生对大家笑一笑，上船走了。

女人们到底有些藕断丝连。过了两天，四个青年妇女集在水生家里来，大家商量：

"听说他们还在这里没走。我不拖尾巴，可是忘下了一件衣裳。"

"我有句要紧的话得和他说说。"

水生的女人说：

"听他说鬼子要在同口安据点……"

"哪里就碰得那么巧？我们快去快回来。"

"我本来不想去，可是俺婆婆非叫我再去看看他不可，有什么看头啊！"

于是这几个女人偷偷坐在一只小船上，划到对面马庄去了。

到了马庄，她们不敢到街上去找，来到村头一个亲戚家里。亲戚说："你们来得不巧，昨天晚上他们还在这里，半夜里走了，谁也不知开到哪里去。你们不用惦记他们，听说水生一来就当了副排长，大家都是欢天喜地的……"

几个女人羞红着脸告辞出来，摇开靠在岸边上的小船。现在已经快到晌午了，万里无云，可是因为在水上，还有些凉风。这风从南面吹过来，从稻秧上苇尖吹过来。水面没有一只船，水像无边的跳荡的水银。

几个女人有点失望，也有些伤心，各人在心里骂着自己的狠心贼。可是青年人，永远朝着愉快的事情想，女人们尤其容易忘记那些不痛快。不久，她们就又说笑起来了。

"你看说走就走了。"

"可慌（高兴的意思）哩，比什么也慌，过新年、娶亲——也没见他这么慌过！"

"拴马桩也不顶事了。"

"不行了，脱了缰了！"

"一到军队里，他一准得忘了家里的人。"

"那是真的，我们家里住过一些年轻的队伍，一天到晚仰着脖子出来唱，进去唱，我们一辈子也没那么乐过。等他们闲下来没有事了，我就傻想：该低下头了吧。你猜人家干什么？用白粉子在我家影壁上画上许多圆圈圈，一个一个蹲在院子里，托着枪瞄那个，又唱起来了！"

她们轻轻划着船，船两边的水哗，哗，哗。顺手从水里捞上一颗菱角来，菱角还很嫩很小，乳白色。顺手又丢到水里去。那颗菱角就又安安稳稳浮在水面上生长去了。

"现在你知道他们到了哪里？"

"管他哩，也许跑到天边上去了！"

她们都抬起头往远处看了看。

"哎呀！那边过来一只船。"

"哎呀！日本，你看那衣裳！"

"快摇！"

小船拼命往前摇。她们心里也许有些后悔，不该这么冒冒失失走来；也许有些怨恨那些走远了的人。但是立刻就想，什么也别想了，快摇，大船紧紧追过来了。

大船追得很紧。

幸亏是这些青年妇女，白洋淀长大的，她们摇得小船飞快。小船活像离开了水皮的一条打跳的梭鱼。她们从小跟这小船打交道，驶起来，就像织布穿梭，缝衣透针一般快。

假如敌人追上了，就跳到水里去死吧！

后面大船来得飞快。那明明白白是鬼子！这几个青年妇女咬紧牙制止住心跳，摇橹的手并没有慌，水在两旁大声地哗哗，哗哗，哗哗哗！

"往荷花淀里摇！那里水浅，大船过不去。"

她们奔着那不知道有几亩大小的荷花淀去，那一望无边际的密密层层的大荷叶，迎着阳光舒展开，就像铜墙铁壁一样。粉色荷花箭高高地挺出来，是监视白洋淀的哨兵吧！

她们向荷花淀里摇，最后，努力地一摇，小船蹿进了荷花淀。几只野鸭扑棱棱飞起，尖声惊叫，掠着水面飞走了。就在她们的耳边响起一排枪！

整个荷花淀全震荡起来。她们想，陷在敌人的埋伏里了，一准要死了，一齐翻身跳到水里去。渐渐听清楚枪声只是向着外面，她们才又扒着船帮露出头来。她们看见不远的地方，那宽厚肥大的荷叶下面，有一个人的脸，下半截身子长在水里。

荷花变成人了？那不是我们的水生吗？又往左右看去，不久各人就找到了各人丈夫的脸，啊，原来是他们！

但是那隐蔽在大荷叶下面的战士们，正在聚精会神瞄着敌人射击，半眼也没有看她们。枪声清脆，三五排枪过后，他们投出了手榴弹，冲出了荷花淀。

手榴弹把敌人那只大船击沉，一切都沉下去了。水面上只剩下一团烟硝火药气味。战士们就在那里大声欢笑着，打捞战利品。他们又开始了沉到水底捞出大鱼来的拿手戏。他们争着捞出敌人的枪支、子弹带，然后是一袋子一袋子叫水浸透了的面粉和大米。水生拍打着水去追赶一个在水波上滚动的东西，是一包用精致纸盒装着的饼干。

妇女们带着浑身水，又坐到她们的小船上去了。

水生追回那个纸盒，一只手高高举起，一只手用力拍打着水，好使自己不沉下去，对着荷花淀吆喝：

"出来吧，你们！"

好像带着很大的气。

她们只好摇着船出来。忽然从她们的船底下冒出一个人来，只有水生的女人认得那是区小队的队长。这个人抹一把脸上的水问她们：

"你们干什么去呀？"

水生的女人说：

"又给他们送了一些衣裳来！"

小队长回头对水生说：

"都是你村的？"

"不是她们是谁？一群落后分子！"水生说完把纸盒顺手丢在女人们船上，一沏，又沉到水底下去了，到很远的地方才钻出来。

小队长开了个玩笑，他说：

"你们也没有白来，不是你们，我们的伏击不会这么彻底。可是，任务已经完成，该回去晒晒衣裳了。情况还紧得很！"

战士们已经把打捞出来的战利品，全装在他们的小船上，准备转移。一人摘了一片大荷叶顶在头上，抵挡正午的太阳。几个青年妇女把掉在水里又捞出来的小包裹，丢给了他们，战士们的三只小船就奔着东南方向，箭一样飞去了，不久就消失在中午水面上的烟波里。

几个青年妇女划着她们的小船赶紧回家，一个个像落水鸡似的。一路走着，因过于刺激和兴奋，她们又说笑起来。坐在船头脸朝后的一个噘着嘴说：

"你看他们那个横样子，见了我们爱搭理不搭理的！"

"啊，好像我们给他们丢了什么人似的。"

她们自己也笑了，今天的事情不算光彩，可是：

"我们没枪，有枪就不往荷花淀里跑，在大淀里就和鬼子干起来！"

"我今天也算看见打仗了。打仗有什么出奇？只要你不着慌，谁还不会趴在那里放枪呀！"

"打沉了，我也会浮水捞东西，我管保比他们水式好，再深点我也不怕！"

"水生嫂，回去我们也成立队伍，不然以后还能出门吗！"

"刚当上兵就小看我们，过两年，更把我们看得一钱不值了，谁比谁落后多少呢！"

这一年秋季，她们学会了射击。冬天，打冰夹鱼的时候，她们一个个登在流星一样的冰船上，来回警戒。敌人"围剿"那百顷大苇塘的时候，她们配合子弟兵作战，出入在那芦苇的海里。

1945 年 5 月于延安

芦花荡

——白洋淀纪事之二

夜晚，敌人从炮楼的小窗子里，呆望着这阴森黑暗的大苇塘。天空的星星也像浸在水里，而且要滴落下来的样子。到这样深夜，苇塘里才有水鸟飞动和唱歌的声音，白天它们是紧紧藏到窠里躲避炮火去了。苇子还是那么狠狠地往上钻，目标好像就是天上。

敌人监视着苇塘。他们提防有人给苇塘里的人送来柴米，也提防里面的队伍会跑了出去。我们的队伍还没有退却的意思。可是假如是月明风清的夜晚，人们的眼再尖利一些，就可以看见有一只小船从苇塘里撑出来，在淀里，像一片苇叶，奔着东南去了。半夜以后，小船又漂回来，船舱里装满了柴米油盐，有时还带来一两个从远方赶来的干部。

撑船的是一个将近六十岁的老头子，船是一只尖尖的小船。老头子只穿一件蓝色的破旧短裤，站在船尾巴上，手里拿着一根竹篙。

老头子浑身没有多少肉，干瘦得像老了的鱼鹰。可是那晒得干黑的脸，短短的花白胡子却特别精神，那一对深陷的眼睛却特别明亮。很少见到这样尖利明亮的眼睛，除非是在白洋淀上。

老头子每天夜里在水淀出入，他的工作范围广得很：里外交通，运输粮草，护送干部；而且不带一支枪。他对苇塘里的负责同志说："你什么也靠个我，我什么也靠个水上的能耐，一切保险。"

老头子过于自信和自尊。每天夜里，在敌人紧紧封锁的水面上，就像一个没事人，他按照早出晚归捕鱼撒网那股悠闲的心情撑着船，编算着使自己高兴也使别人高兴的事情。

因为他，敌人的愿望就没有达到。

每到傍晚，苇塘里的歌声还是那么响，不像是饿肚子的人们唱的；稻米和肥鱼的香味，还是从苇塘里飘出来。敌人发了愁。

一天夜里，老头子从东边很远的地方回来。弯弯下垂的月亮，浮在水一样的天上。老头子载了两个女孩子回来。孩子们在炮火里滚了一个多月，都发着疟子，昨天跑到这里来找队伍，想在苇塘里休息休息，打打针。

老头子很喜欢这两个孩子：大的叫大菱，小的叫二菱。把她们接上船，老头子就叫她们睡一觉，他说："什么事也没有了，安心睡一觉吧，到苇塘里，咱们还有大米和鱼吃。"

孩子们在炮火里一直没安静过，神经紧张得很，一点轻微的声音，闭上的眼就又睁开了。现在又是到了这么一个新鲜的地方，有水有船，荡悠悠的，夜晚的风吹得长期发烧的脸也清爽多了，就更睡不着。

眼前的环境好像是一个梦。在敌人的炮火里打滚，在高粱地里淋着雨过夜，一晚上不知道要过几条汽车路，爬几道沟。发高烧和打寒噤的时候，孩子们也没停下来。一心想：找队伍去呀，找到队伍就好了！

这是冀中区的女孩子，大的不过十五，小的才十三。她俩在家乡的道路上行军，眼望着天边的北斗。她俩看着初夏的小麦黄梢，看着中秋的高粱晒米。雁在她们的头顶往南飞去，不久又向北飞来。她们长大成人了。

小女孩子趴在船边，用两只小手淘着水玩。发烧的手浸在清凉的水里很舒服，她随手就舀了一把泼在脸上，那脸涂着厚厚的泥和汗。她痛痛快快地洗起来，连那短短的头发。大些的轻声吆喝她：

"看你，这时洗脸干什么？什么时候呀，还这么爱干净！"

小女孩子抬起头来，望一望老头子，笑着说：

"洗一洗就精神了！"

老头子说：

"不怕，洗一洗吧，多么俊的一个孩子呀！"

远远有一片阴惨的黄色的光，突然一转就转到他们的船上来。女孩子正在拧着水淋淋的头发，叫了一声。老头子说：

"不怕，小火轮上的探照灯，它照不见我们。"

他蹲下去，撑着船往北绕了一绕。黄色的光仍然向四下里探照，一下照在水面上，一下又照到远处的树林里去了。

老头子小声说：

"不要说话，要过封锁线了！"

小船无声地，但是飞快地前进。当小船和那黑乎乎的小火轮站到一条横线上的时候，探照灯突然照向她们，不动了。两个女孩子的脸照得雪白，紧接着就扫射过一梭机枪。

老头子叫了一声"趴下"，一抽身就跳进水里去，踏着水用两手推着小船前进。大女孩子把小女孩子抱在怀里，倒在船底上，用身子遮盖了她。

子弹吱吱地在她们的船边钻到水里去，有的一见水就爆炸了。

大女孩子负了伤，虽说她没有叫一声也没有哼一声，可是胳膊没有了力量，再也搂不住那个小的，她翻了下去。那小的觉得有一股热热的东西流到自己脸上来，连忙爬起来，把大的抱在自己怀里，带着哭声向老头子喊：

"她挂花了！"

老头子没听见，拼命地往前推着船，还是柔和地说：

"不怕。他打不着我们！"

"她挂了花！"

"谁？"老头子的身体往上蹿了一蹿，随着，那小船很厉害地仄歪了一下。老头子觉得自己的手脚顿时失去了力量，他用手扒着船尾，跟着浮了几步，才又拼命地往前推了一把。

他们已经离苇塘很近。老头子爬到船上去，他觉得两只老眼有些昏花。可是他到底用篙拨开外面一层芦苇，找到了那窄窄的入口。

一钻进苇塘，他就放下篙，扶起那大女孩子的头。

大女孩子微微睁了一下眼，吃力地说：

"我不要紧。快把我们送进苇塘里去吧！"

老头子无力地坐下来，船停在那里。月亮落了，半夜以后的苇塘，有些飒飒的风响。老头子叹了一口气，停了半天才说：

"我不能送你们进去了。"

小女孩子睁大眼睛问：

"为什么呀？"

老头子直直地望着前面说：

"我没脸见人。"

小女孩子有些发急。在路上也遇见过这样的带路人，带到半路上就不愿带了，叫人为难。她像央告那老头子：

"老同志，你快把我们送进去吧，你看她流了这么多血，我们要找医生给她裹伤呀！"

老头子站起来，拾起篙，撑了一下。那小船转弯抹角钻入了苇塘的深处。

这时，那受伤的才痛苦地哼哼起来。小女孩子安慰她，又好像是抱怨，一路上多么紧张，也没怎么样，谁知到了这里，反倒……一声一声像连珠箭，射穿老头子的心。他没法解释：大江大海过了多少，为什么这一次的任务，偏偏没有完成？自己没儿没女，这两个孩子多么叫人喜爱！自己平日夸下口，这一次带着挂花的人进去，怎么张嘴说话？这老脸呀！他叫着大菱说：

"他们打伤了你，流了这么多血，等明天我叫他们十个人流血！"

两个孩子全没有答言，老头子觉得受了轻视。他说：

"你们不信我的话，我也不和你们说。谁叫我丢人现眼，打牙跌嘴呢！可是，等到天明，你们看吧！"

小女孩子说：

"你这么大年纪了，还能打仗？"

老头子狠狠地说：

"为什么不能？我打他们不用枪，那不是我的本事。愿意看，明天来看吧！二菱，明天你跟我来看吧，有热闹哩！"

第二天，中午的时候，非常闷热。一轮红日当天，水面上浮着一层烟气。小火轮开得离苇塘远一些，鬼子们又偷偷地爬下来洗澡了。十几个鬼子在水里洄着，日本人的水式真不错。水淀里没有一个人影，有只一团白绸子样的水鸟，也躲开鬼子往北飞去，落到大荷叶下面歇凉去了。从荷花淀里却撑出一只小船来。一个干瘦的老头子，只穿一条破短裤，站在船尾巴上，有一篙没一篙地撑着，两只手却忙着剥那又肥又大的莲蓬，一个一个投进嘴里去。

他的船头上放着那样大的一捆莲蓬，是刚从荷花淀里摘下来的。不到白洋淀，哪里去吃这样新鲜的东西？来到白洋淀上几天了，鬼子们也还是望着荷花淀瞪眼。他们冲着那小船吆喝，叫他过来。

老头子向他们看了一眼，就又低下头去，还是有一篙没一篙地撑着船，剥着莲蓬。船却慢慢地冲着这里来了。

小船离鬼子还有一箭之地，好像老头子才看出洗澡的是鬼子，只一篙，小船溜溜转了一个圆圈，又回去了。鬼子们拍打着水追过去，老头子张皇失措，船却走不动，鬼子紧紧追上了他。

眼前是几根埋在水里的枯木桩子，日久天长，也许人们忘记这是为什么埋的了。这里的水却是镜一样平，蓝天一般清，拉长的水草在水底轻轻地浮动。鬼子们追上来，看看就扒上了船。老头子又是一篙，小船旋风一样绕着鬼子们转，莲蓬的清香，在他们的鼻子尖上扫过。鬼子们像是玩着捉迷藏，乱转着身子，抓上抓下。

一个鬼子尖叫了一声，就蹲到水里去。他被什么东西狠狠咬了一口，是一只锋利的钩子穿透了他的大腿。别的鬼子吃惊地往四下里一散，每个人的腿肚子也就挂上了钩。他们挣扎着，想摆脱那毒蛇一样的钩子。那替女孩子报仇的钩子却全找到腿上来，有的两个，有的三个。鬼子们痛得鬼叫，可是再也不敢动弹了。

老头子把船一撑来到他们的身边，举起篙来砸着鬼子们的脑袋，像敲打顽固的老玉米一样。

他狠狠地敲打，向着苇塘望了一眼。在那里，鲜嫩的芦花，一片展开的紫色的丝绒，正在迎风飘洒。

在那苇塘的边缘，芦花下面，有一个女孩子，她用密密的苇叶遮掩着身子，看着这场英雄的行为。

1945 年 8 月于延安

采蒲台的苇

我到了白洋淀，第一个印象，是水养活了苇草，人们依靠苇生活。这里到处是苇，人和苇结合得是那么紧。人好像寄生在苇里的鸟儿，整天不停地在苇里穿来穿去。

我渐渐知道，苇也因为性质的软硬、坚固和脆弱，各有各的用途。其中，大白皮和大头栽因为色白、高大，多用来织小花边的炕席；正草因为有骨性，则多用来铺房、填房碱；白毛子只有漂亮的外形，却只能当柴烧；假皮织篮捉鱼用。

我来得早，淀里的凌还没有完全融化。苇子的根还埋在冰冷的泥里，看不见大苇形成的海。我走在淀边上，想象假如是五月，那会是苇的世界。

在村里是一垛垛打下来的苇，它们柔顺地在妇女们的手里翻动。远处的炮声还不断传来，人民的创伤并没有完全平复。关于苇塘，就不只是一种风景，它充满火药的气息，和无数英雄的血液的记忆。如果单纯是苇，如果单纯是好看，那就不成为冀中的名胜。

这里的英雄事迹很多，不能一一记述。每一片苇塘，都有英雄的传说。敌人的炮火，曾经摧残它们，它们无数次被火烧光，人民的血液保持了它们的清白。

最好的苇出在采蒲台。一次，在采蒲台，十几个干部和全村男女被敌人包围。那是冬天，人们被围在冰上，面对着等待收割的大苇塘。

敌人要搜。干部们有的带着枪，认为是最后战斗流血的时候到来了。妇女们却偷偷地把怀里的孩子递过去，告诉他们把枪支插在孩子的裤裆里。搜查的时候，干部又顺手把孩子递给女人……十二个女人不约而同地这样做了。仇恨是一个，爱是一个，智慧是一个。

枪掩护过去了，闯过了一关。这时，一个四十多岁的人，从苇塘打苇回来，被敌人捉住。敌人问他："你是八路？""不是！""你村里有干部？""没有！"敌人砍断他半边脖子，又问："你的八路！"他歪着头，血流在胸膛上，说："不是！""你村的八路大大的！""没有！"

妇女们忍不住，她们一齐沙着嗓子喊："没有！没有！"

敌人杀死他，他倒在冰上。血冻结了，血是坚定的，死是刚强的！

"没有！没有！"

这声音将永远响在苇塘附近，永远响在白洋淀人民的耳朵旁边，甚至应该一代代传给我们的子孙。永远记住这两句简短有力的话吧！

1947 年 3 月

山地回忆

　　从阜平乡下来了一位农民代表，参观天津的工业展览会。我们是老交情，已经快有十年不见面了。我陪他去参观展览，他对于中纺的织纺，对于那些改良的新农具特别感兴趣。临走的时候，我一定要送点东西给他，我想买几尺布。

　　为什么我偏偏想起买布来？因为他身上穿的还是那样一种浅蓝的土靛染的粗布裤褂。这种蓝的颜色，不知道该叫什么蓝，可是它使我想起很多事情，想起在阜平穷山恶水之间度过的三年战斗的岁月，使我记起很多人。这种颜色，我就叫它"阜平蓝"或是"山地蓝"吧。

　　他这身衣服的颜色，在天津很是显得突出，也觉得土气。但是在阜平，这样一身衣服，织染既是不容易，穿上也就觉得鲜亮好看了。阜平土地很少，山上都是黑石头，雨水很多很暴，有些泥土就冲到冀中平原上来了——冀中是我的家乡。阜平的农民没有见过大的地块，他们所有的，只是像炕台那样大，或是像锅台那样大的一块土地。在这小小的、不规整的，有时是尖形的，有时是半圆形的，有时是梯形的小块土地上，他们费尽心思，全力经营。他们用石块垒起，用泥土包住，在边沿栽上枣树，在中间种上玉黍。

阜平的天气冷，山地不容易见到太阳。那里不种棉花，我刚到那里的时候，老大娘们手里搓着线锤。很多活计用麻代线，连袜底也是用麻纳的。

就是因为袜子，我和这家人认识了，并且成了老交情。那是个冬天，该是一九四一年的冬天，我打游击打到了这个小村庄，情况缓和了，部队决定休息两天。

我每天到河边去洗脸，河里结了冰，我蹲在冰冻的石头上，把冰砸破，浸湿毛巾，等我擦完脸，毛巾也就冻挺了。有一天早晨，刮着冷风，只有一抹阳光，黄黄的落在河对面的山坡上。我又蹲在那块石头上去，砸开那个冰口，正要洗脸，听见在下水流有人喊：

"你看不见我在这里洗菜吗？洗脸到下边洗去！"

这声音是那么严厉，我听了很不高兴。这样冷的天，我来砸冰洗脸，反倒妨碍了人。心里一时挂火，就也大声说：

"离着这么远，会弄脏你的菜！"

我站在上风头，狂风吹送着我的愤怒，我听见洗菜的人也恼了，那人说：

"菜是下口的东西呀！你在上流洗脸洗屁股，为什么不脏？"

"你怎么骂人？"我站立起来转过身去，才看见洗菜的是个女孩子，也不过十六七岁。风吹红了她的脸，像带霜的柿叶，水冻肿了她的手，像上冻的红萝卜。她穿的衣服很单薄，就是那种蓝色的破袄裤。

在十月严冬的河滩上，敌人往返烧毁过几次的村庄的边沿，寒风里，她抱着一篮子水沤的杨树叶，这该是早饭的食粮。

不知道为什么，我一时心平气和下来。我说：

"我错了，我不洗了，你在这块石头上来洗吧！"

她冷冷地望着我，过了一会儿才说：

"你刚在那石头上洗了脸，又叫我站上去洗菜！"

我笑着说：

"你看你这人，我在上水洗，你说下水脏，这么一条大河，哪里就能把我脸上的泥土冲到你的菜上去？现在叫你到上水来，我到下水去，你还说不行，那怎么办哩？"

"怎么办，我还得往上走！"

她说着，扭着身子逆着河流往上去了。蹲在一块尖石上，把菜篮浸进水里，把两手插在袄襟底下取暖，望着我笑了。

我哭不得，也笑不得，只好说：

"你真讲卫生呀！"

"我们是真卫生，你们是装卫生！你们尽笑话我们，说我们山沟里的人不讲卫生，住在我们家里，吃了我们的饭，还刷嘴刷牙，我们的菜饭再不干净，难道还会弄脏了你们的嘴？为什么不连肠子肚子都刷刷干净！"说着就笑得弯下腰去。

我觉得好笑。可也看见，在她笑着的时候，她的整齐的牙齿洁白得放光。

"对，你卫生，我们不卫生。"我说。

"那是假话吗？你们一个饭缸子，也盛饭，也盛菜，也洗脸，也洗脚，也喝水，也撒尿，那是讲卫生吗？"她笑着用两手在冷水里刨抓。

"这是物质条件不好，不是我们愿意不卫生。等我们打败了日本，占了北平，我们就可以吃饭有吃饭的家伙，喝水有喝水的家伙了，我们就可以一切齐备了。"

"什么时候才能打败鬼子？"女孩子望着我，"我们的房，叫他们烧过两三回了！"

"也许三年，也许五年，也许十年八年。可是不管三年五年，十年八年，我们总是要打下去，我们不会悲观的。"我这样对她讲，当时觉得这样讲了以后，心里很高兴了。

"光着脚打下去吗？"女孩子转脸望了我脚上一下，就又低下头去洗菜了。

我一时没弄清是怎么回事，就问：

"你说什么？"

"说什么？"女孩子也装没有听见，"我问你为什么不穿袜子，脚不冷吗？也是卫生吗？"

"咳！"我也笑了，"这是没有法子么，什么卫生！从九月里就反'扫荡'，可是我们八路军，是非到十月底不发袜子的。这时候，正在打仗，哪里去找袜子穿呀？"

"不会买一双？"女孩子低声说。

"哪里去买呀？尽住小村，不过镇店。"我说。

"不会求人做一双？"

"哪里有布呀？就是有布，求谁做去呀？"

"我给你做。"女孩子洗好菜站起来，"我家就住在那个坡子上，"她用手一指，"你要没有布，我家里有点，还够做一双袜子。"

她端着菜走了，我在河边上洗了脸。我看了看我那只穿着一双"踢倒山"的鞋子，冻得发黑的脚，一时觉得我对于面前这山，这水，这沙滩，永远不能分离了。

我洗过脸，回到队上吃了饭，就到女孩子家去。她正在烧火，见了我就说：

"你这人倒实在，叫你来你就来了。"

我既然摸准了她的脾气，只是笑了笑，就走进屋里。屋里蒸气腾腾，等了一会儿，我才看见炕上有一个大娘和一个四十多岁的大伯，围着一盆火坐着。在大娘背后还有一位雪白头发的老大娘。一家人全笑着让我炕上坐。女孩子说：

"明儿别到河里洗脸去了，到我们这里洗吧，多添一瓢水就够了！"

大伯说：

"我们妞儿刚才还笑话你哩！"

白发老大娘瘪着嘴笑着说：

"她不会说话，同志，不要和她一样呀！"

"她很会说话！"我说，"要紧的是她心眼儿好，她看见我光着脚，就心疼我们八路军！"

大娘从炕角里扯出一块白粗布，说：

"这是我们妞儿纺了半年线赚的，给我做了一条棉裤，剩下的说给她爹多做双袜子，现在先给你做了穿上吧。"

我连忙说：

"叫大伯穿吧！要不，我就给钱！"

"你又装假了，"女孩子烧着火抬起头来，"你有钱吗？"

大娘说：

"我们这家人，说了就不能改移。过后再叫她纺，给她爹赚袜子穿。早先，我们这里也不会纺线，是今年春天，家里住了一个女同志，教会了她。还说再过来了，还教她织布哩！你家里的人，会纺线吗？"

"会纺！"我说，"我们那里是穿洋布哩，是机器织纺的。大娘，等我们打败日本……"

"占了北平，我们就有洋布穿，就一切齐备！"女孩子接下去，笑了。

可巧，这几天情况没有变动，我们也不转移。每天早晨，我就到女孩子家里去洗脸。第二天去，袜子已经剪裁好，第三天去她已经纳底子了，用的是细细的麻线。她说：

"你们那里是用麻用线？"

"用线。"我摸了摸袜底，"在我们那里，鞋底也没有这么厚！"

"这样坚实。"女孩子说，"保你穿三年，能打败日本不？"

"能够。"我说。

第五天，我穿上了新袜子。

和这一家人熟了，就又成了我新的家。这一家人身体都健壮，又好说笑。女孩子的母亲，看起来比女孩子的父亲还要健壮。女孩子的姥姥九十岁了，还那么结实，耳朵也不聋，我们说话的时候，她不插言，只是微微笑着，她说，她很喜欢听人们说闲话。

女孩子的父亲是个生产的好手，现在地里没活了，他正计划贩红枣到曲阳去卖，问我能不能帮他的忙。部队重视民运工作，上级允许我帮老乡去做运输，每天打早起，我同大伯背上一百多斤红枣，顺着河滩，爬山越岭，送到曲阳去。女孩子早起晚睡给我们做饭，饭食很好。一天，大伯说：

"同志，你知道我是沾你的光吗？"

"怎么沾了我的光？"

"往年，我一个人背枣，我们妞儿是不会给我吃这么好的！"

我笑了。女孩子说：

"沾他什么光？他穿了我们的袜子，就该给我们做活了！"又说，"你们跑了快半月，赚了多少钱？"

"你看，她来查账了，"大伯说，"真是，我们也该计算计算了！"他打开放在被垒底下的一个小包袱，"我们这叫包袱账，赚了赔了，反正都在这里面。"

我们一同数了票子，一共赚了五千多块钱，女孩子说：

"够了。"

"够干什么了？"大伯问。

"够给我买张织布机子了！这一趟，你们在曲阳给我买架织布机子回来吧！"

无论姥姥、母亲、父亲和我，都没人反对女孩子这个正当的要求。我们到了曲阳，把枣卖了，就去买了一架机子。大伯不怕多花钱，一定要买一架好的，把全部盈余都用光了。我们分着背了回来，累得浑身流汗。

这一天，这一家人最高兴，也该是女孩子最满意的一天。

这像要了几亩地，买回一头牛；这像置好了结婚前的陪送。

以后，女孩子就学习纺织的全套手艺了：纺、拐、浆、落、经、镶、织。

当她卸下第一匹布的那天，我出发了。从此以后，我走遍山南塞北，那双袜子，整整穿了三年也没有破绽。一九四五年，我们战胜了日本强盗，我从延安回来，在碛口地方，跳到黄河里去洗了一个澡，一时大意，奔腾的黄水，冲走了我的全部衣物，也冲走了那双袜子。黄河的波浪激荡着我关于敌后几年生活的回忆，激荡着我对于那女孩子的纪念。

开国典礼那天，我同大伯一同到百货公司去买布，送他和大娘一人一身蓝士林布，另外，送给女孩子一身红色的。大伯没见过这样鲜艳的红布，对我说：

"多买上几尺，再买点黄色的？"

"干什么用？"我问。

"这里家家门口挂着新旗，咱那山沟里准还没有哩！你给了我一张国旗的样子，一块儿带回去，叫妞儿给做一个，开会过年的时候，挂起来！"

他说妞儿已经有两个孩子了，还像小时那样，就是喜欢新鲜东西，说什么也要学会。

1949 年 12 月

白洋淀边一次小斗争

有一天，我送一封信到同口镇去。把信揣在怀里，脱了鞋，卷起裤腿，在那漫天漫地的芦苇里穿过。芦苇正好一人多高，还没有秀穗，我用两手拨开一条小道，脚下的水也有半尺深。

走了半天，才到了淀边，拨开芦苇向水淀里一望，太阳照在水面上，白茫茫一片，一个船影儿也没有。我吹起暗号，吹过之后，西边芦苇里就哗啦啦响着，钻出一只游击小艇来，撑船的还是那个爱说爱笑的老头。他一见是我，忙把船靠拢了岸。我跳上去，他说：

"今天早啊。"

我说："道远。"

他使竹篙用力一顶，小艇箭出弦一般，蹿到淀里。四外没有一只船，只有我们这只小艇，像大海上漂着一片竹叶，目标很小。就又拉起闲话来。

老头爱交朋友，干抗日的活儿很有瘾，充满胜利情绪，他好打比方，证明我们一定胜利，他常说：

"别看那些大事，就只是看这些小事，前几年是怎样，这两年又是怎么样啊！"

过去，他是放鱼鹰捉鱼的，他只养了两只鹰，和他那个干瘦得像柴火棍一样的儿子，每天从早到晚在淀里捉鱼。刚一听这个职业，好像很有趣味，叫他一说却是很苦的事。那风吹雨打不用说了，每天从早到晚在那船上号叫，敲打鱼鹰下船就是一种苦事。而且父子两个是全凭那两只鹰来养活的，那是心爱的东西，可是为了多打鱼多卖钱，就得用一种东西紧紧地卡住鱼鹰的嗓子，使它吞不下它费劲捉到的鱼去，这更是使人心酸可又没有办法的事。老头是最心疼那两只鹰的，他说，别人就是拿二十只也换不了去。他又说：

"那一对鹰才合作哩，只要一个在水里一露头，叫一声，在船上的一个，立刻就跳进水里，帮它一手，两个抬出一条大鱼来。"

老头说，这两只鹰，每年要给他抬上一千斤。鬼子第一次进攻水淀，在淀里抢走了他那两只鱼鹰，带到端村，放在火堆上烧吃了。于是，儿子去参加了水上游击队，老头把小艇修理好，做交通员。

老头乐观，好说话，可是总好扯到他那两只鹰上，这在老年人，也难怪他。这一天，又扯到这上面，他说：

"要是这两年就好了，要在这个时候，我那两只水鹰一定钻到水里逃走了，不会叫他们捉活的去。"

可是这一回他一扯就又扯到鸡上去，他说：

"你知道前几年，鬼子进村，常常在半夜里，人也不知道起床，鸡也不知道撒窠，叫鬼子捉了去杀了吃了。这两年就不同了，人不在家里睡觉，鸡也不在窠里宿。有一天，在我们镇上，鬼子一清早就进村了，一个人也不见，一只鸡也不见，鬼子和伪军们在街上，东走走西走走，一点食也找不到。后来有一个鬼子在一株槐树上发现一只大红公鸡，他高兴极了，就举枪瞄准。公鸡见他一举枪，就哇的一声飞起来，跳墙过院，一直飞到那村外。那鬼子不死心，一直跟着追，一直追到苇垛场里，那只鸡就钻进了一个大苇垛里。"

没到过水淀的人，不知道那苇垛有多大，有多高。一到秋后霜降，几百顷的芦苇收割了，捆成捆，用船运到码头旁边的大场上，垛起来，就像有多少高大的楼房一样，白茫茫一片。这些芦苇在以前运到南方北方，全国的凉棚上的，炕上的，包裹货物的席子，都是这里出产的。

老头说："那公鸡一跳进苇垛里，那鬼子也跟上去，攀登上去。他忽然跳下来，大声叫着，笑着，往村里跑。一时他的伙伴们从街上跑过来，问他什么事，他叫着，笑着，说他追鸡，追到一个苇垛里，上去一看，里面藏着一个女的，长得很美丽，衣服是红色的。这样鬼子们就高兴了，他们想这个好欺侮，一下就到手了。五六个鬼子饿了半夜找不到个人，找不到东西吃，早就气坏了，他们正要撒撒气，现在又找到了这样一个好欺侮的对象，他们向前跃进，又嚷又笑，跑到那个苇垛跟前。追鸡的那个鬼子先爬了上去，刚爬到苇垛顶上，要直起身来喊叫，那姑娘一伸手就把他推下来。鬼子仰面朝天从三丈高的苇垛上摔下来，别的鬼子还以为他失了脚，上前去救护他。这个时候，那姑娘从苇垛里钻出来，咬紧牙向下面投了一个头号手榴弹，火光起处，炸死了三个鬼子。人们看见那姑娘直直地立在苇垛上，她才十六七岁，穿一件褪色的红布褂，长头发上挂着很多芦花。

我问：

"那个追鸡的鬼子炸死了没有？"

老头说：

"手榴弹就摔在他的头顶上，他还不死？剩下来没有死的两三个鬼子爬起来就往回跑，街上的鬼子全开来了，他们冲着苇垛架起了机关枪，扫射，扫射，苇垛着了火，一个连一个，漫天的浓烟，漫天的大火，烧起来了。火从早晨一直烧到天黑，照得远近十几里地方都像白天一般。"

从水面上远远望过去，同口镇的码头就在前面，广场上已经看不见一堆苇垛，风在那里吹起来，卷着柴灰，凄凉得很。

我想，这样大的火，那姑娘一定牺牲了。

老头又扯到那只鸡上，他说：

"你看怪不怪，那样大的火，那只大公鸡一看势头不好，它从苇子里钻出来，三飞两飞就飞到远处的苇地里去了。"

我追问：

"那么那个姑娘呢？她死了吗？"

老人说：

"她更没事。她们有三个女人躲在苇垛里，三个鬼子往回跑的时候，她们就从上面跳下来，穿过苇垛向淀里去了。到同口，你愿意认识认识她，我可以给你介绍，她会说得更仔细，我老了，舌头不灵了。"

最后老头说：

"同志，咱这里的人不能叫人欺侮，尤其是女人家，那是情愿死了也不让人的。可是以前没有经验，前几年有多少年轻女人忍着痛投井上吊？这两年就不同了啊！要不我说，假如是在这两年，我那两只鱼鹰也不会叫鬼崽子们捉了活的去！"

1945 年

蒿儿梁

一九四三年，敌人冬季"扫荡"开始了，杨纯医生带着五个伤员，和一个小女看护，名叫刘兰，转移到繁峙五台交界地方，住在北台脚下的成果庵里。五台山有五个台顶，北边的就叫北台。这是有名的高山，常年积雪不化，六月天走过山顶，遇见风雹，行人也会冻死。

一条石沟小河绕着成果庵的粉墙急急流过。站在成果庵的大殿台阶，可以看到北台顶上雄厚的雪堆。

这几天情况紧急，区委书记夜里来通知杨医生，叫他往山上转移，住到蒿儿梁去。

他们清早出发，杨医生走在前面，招呼着担架，轻抬轻放，脚下留神，不要叫冰雪滑倒。他看好平整的地方，叫大家放下擦擦汗休息一下，就又往上爬。

刘兰跟在担架后面，嘴里冒着热气，一步一步挨上来。杨医生把她的卫生包接过来，挂到自己身上。

他的身上，东西已经不少。一支大枪，三十粒子弹，五个手榴弹，一个皮药包。两条米袋像围巾一样缠在他的脖子上。背上，他自己的被包驮着刘兰的被包。他挺身走着，山底子鞋啪啦啦沉重地响着。

"杨医生，我们的药棉又不多了。"刘兰跟在后面说。

"到蒿儿梁，我们做。"

"怎么着弄个消毒的小锅吧，做饭的大锅，真不好刷干净，老百姓也不愿意叫使！"

"这也要到蒿儿梁想办法。"

刘兰又问：

"伤号光吃莜麦不好吧？"

"到蒿儿梁，弄些细粮吃。"

"蒿儿梁，蒿儿梁！到了蒿儿梁，我们找谁呀？"

"找妇救会的主任。区委书记没说她叫什么名字，只说一打听女主任，谁也知道。"

他们顺着盘道往上走，转过三四个山头才看见在前面的山顶上，有一个小村庄。这小村庄叫太阳照得发光，秃秃的没有一棵树，靠它西边的山上，却有一大片叫雪压着的密密的杉树林；隔着山沟，可以听见在树林边缘奔跑的狍子的尖叫。村庄里有一只雄鸡也在长鸣。再绕过一个山头，看见有一洼泉水，周围结了厚冰，一条直直的小路，通到村里去。村里的人吃这个泉的水。村庄不远了。

这个不到三十户的小村，就叫蒿儿梁。

女主任去住娘家了，还没有回来，主任的丈夫，一个五十来岁的粗壮汉子，把他们安排到一间泥墙草顶的小小的南屋里，随着粮秣送来了茅柴，就点火烧起炕来。

杨纯到村庄周围转了一转。都是疏疏落落的草顶泥墙小房，家家也都没有篱笆。村里村外，只有些小小的莜麦秸垛，盖着厚雪。街道上，担水滴落，结了一层冰。全村只有一棵歪把的老树，但遍山坡长着那么一丛丛带刺的小树，在冰天雪地，满挂着累累的、鲜艳欲滴的红色颗粒。

人们轻易不出门，坐在炕上，拨弄着一盆红红的麦秸火。妇女们出来一下子，把手插在腰里，又赶紧跑到屋里去。

女主任的丈夫，在院里备好一匹小毛驴，出门去了。第二天，把主任接了回来。

到了院里，主任才从毛驴上跳下。她不过二十五岁，披着一件男人的深黑面的黑羊皮袄，紫色的圆顶帽子装饰着珠花。她嘻嘻地笑着跑到南屋里来。她的相貌，和这一带那些好看的女人一样，白胖胖的脸，鲜红的嘴唇和白牙齿。她看了刘兰一眼，又看了杨纯一眼，笑着不说话。刘兰让她到炕上暖和，她说：

"这是俺的家，我要让你们哩！"

杨纯说："你就是主任呀？我们把你的房子占了。"

"不要紧！"主任说，"老头子说你们来了，我真高兴。"她伸过手去摸了摸炕席说，"好，炕还热。不行哩，我们这个地方冷呀！有人给你们做饭？"

刘兰说："有。"

"一会儿，我给你们搓窝窝吃，别看我们蒿儿梁村小，我搓的窝窝可远近知名哩！"

晌午，主任推门进来。她脱去了羊皮衣，穿一件破旧的红棉袄，怀抱着一大块光亮的黄色琉璃瓦，这是搓莜面窝窝的工具，她说是托人到台怀买来的。她站立在炕边，卷起袖子。搓的窝窝又薄又小，放得整整齐齐。

"好妹妹！"主任笑着对刘兰说，"我叫你头一回吃这么讲究的饭食，你离开蒿儿梁，你要想蒿儿梁哩！"

"我不想蒿儿梁，这个冷劲我受不了！"刘兰也笑着说。

杨纯说：

"你要想蒿儿梁的窝窝吃哩！"

"对了，你要想我这手艺哩！"主任笑着把手掌拍一拍。

"为什么你的胳膊那么胖？"刘兰问，"是吃莜麦吃的？"

"享福享的吧！"主任说，"这几年我是胖了，那几年，我比你还瘦哩，我的好妹子！有工夫，我要和你说一说我受的苦哩！"

夜间，主任叫刘兰搬到她新拾掇好，烧了炕的小东屋里去睡，打发她的男人，到别人家去睡了。这一夜，主任把头放在刘兰的枕上，叙说她的身世。她说：

"我家在川里，从小给地主家当丫头使唤。十六岁上，娘才把我领回家，嫁给这里，我今年二十五，男人比我大一半。他是个实落人，也知道疼我。我觉着比在地主家里受人欺侮强多了。这几年，减了租子，我们也能吃饱，又没有孩子累着，我就发胖了。"

"我问问你，"主任从枕上抬起头来，"我们的仗，又打得不好吗？怎么你们又跑到这个野地方来？"

"仗打得好。"刘兰说，"这是伤号，要找个安稳地方。"

"我就怕咱们的仗打败了！"主任长舒一口气，"我们种的是川里地主家的地，咱们胜了，他就不敢到山上来，你们一走，他就派人来吓唬我。我就盼咱们打胜仗，要把川里也占了，咱们的日子会更好过哩！那时，这地，就成了咱自己的吧？"

"对了，以后，谁种的地就是谁的。"

"我想，总得是那样。"主任说，"不把敌人打走，我的命还在人家手心里攥着哩！"

"为什么？"

"我娘把我领出来，嫁给了这里。那家地主看见我出息得好了，生了歪心哩！他叫人吓唬我，叫我回去，又吓唬我的男人，说叫三亩地换了我。他杂种想着吧！他觉着我还是那几年，给他当奴才的时候哩！"

停了一会儿，她说："妹子，我就靠着你们，把仗打好了，我们就都熬了出来。你困了吧，靠近我点睡，就会暖和些。"

刘兰每天的工作，是烧开水，煮刀剪铗子消毒，团药棉。这些事情，主任全帮她做，她好问，又心灵手巧，三两天，就学会了。她帮着刘兰给伤号们去换药，和他们说笑，伤员们听刘兰说，主任搓的窝窝好，就争着求她做饭，这样一来，她就整天卷着两只袖子，带着两手面，笑出来，笑进去。

在这小庄上，也还只有莜麦面和山药蛋吃。不管怎样变，也还是莜面和山药蛋，不久伤员们就吃腻了，想吃点别的。杨纯到处打听，想给他们弄些白面、羊肉、白菜和萝卜吃。可是在这小庄上，你休想找到这些东西，问到那些老人，老人们说："庄子上有的东西，凭是多么贵重，我们也给你们吃；要讨换这些东西，除非是到川里。"

自从添了这么七个生人，小庄上热闹起来，两盘碾子整天不闲，有时还要点上灯推莜麦，青年人要去放哨、坐探，小孩子要去送信砍柴，妇女们拆洗伤员的药布衣服，分班做饭。全村每个人都分担了一点责任，快乐并且觉得光荣。

整个小村庄在热情地支援帮助这个小小的队伍，杨纯不愿再多麻烦他们。他和主任商量，主任笑着说：

"你站在这个梁上想大米白面吃，那就难死了，你可以到川里去找。"

杨纯说：

"情况这么紧，怎么能到川里去？"

主任说：

"敌人都到山里'扫荡'了，川里这会儿空着哩，不要紧，你去吧，那里什么都现成！"

"你看，我是离不开！"杨纯说。

"离不开你的伤员，怕他们受了损失？"主任说，"你还是不信服我们这小庄子。你把他们交给我，放心去吧！"

杨纯没有答声。他不能离开这些伤员，他觉得就像那些母亲，在极端困难的时候，也不能放下那拖累着的孩子一样。主任望着他说：

"要不，你给我写个信，我去。"

杨纯说：

"那也不好。"

"你这人，这样也不好，那样也不好，你可就拿出你那巧妙办法来呀！"

"我怕你遇见危险。"

"我遇不见危险。"主任说，"就是遇上我也认了。你怕我碰上鬼子？碰上他们，他们也没办法，他们捉不住那满山野跑的狍子，就捉不住我。"

"那就让你跑一趟吧！"杨纯说。

他给川里负责的同志写了信，主任看着他把图章盖得清清楚楚，才收起来，放在棉袄的底襟里，披上她那件大皮袄，就向杨纯告辞。杨纯把她送到村北口那棵歪老的树下面，对她说：

"去到川里，见到熟人，千万可别说，咱这庄上住着八路！"

主任笑了一笑，用她那胖胖的手掌把嘴一盖，说：

"我这嘴严实着哩！"她看了杨纯一眼，接着说，"杨同志，我不佩服你别的，就佩服你这小小的年纪，办事这么细，心眼这么多！"

她转身走了，踢着路上的雪和石子。转过山坡，她好像又想起了什么，转身回来，喊道："杨同志，我们当家的病了，你去给他看看吧！"

杨纯问：

"什么病呀？"

"准是受了风寒，你给他点洋药吃吧！"

她那清脆的声音，在山谷里，惊起阵阵的回响。

杨纯回到家里，带上药包，去给主任的丈夫看病。他住在游击组员名叫青儿的小屋里。杨纯推门进去，老人笑着让他坐。

杨纯说：

"不舒服吗？我给你带了药来。"

老人说：

“不要紧。只有些头痛，不用吃药。药很贵的，我一辈子没吃过药。”

青儿笑着说：

“哥哥吃点药吧，吃了药，同志也不跟我们要钱！”

杨纯爬过去，摸一摸他的横着深刻皱纹的前额，又摸一摸他的暴露着粗筋的脉，说：

“不要紧，叫兄弟给你烧些水，吃点药就会好了。”

杨纯给老人包出药来，青儿点火烧水。

老人说：

“一定是她告诉了你。”

杨纯说：

“你说的是主任呀？”

老人说：

“是她。黑间她来了，我说不要紧，叫她回去了。同志，她还年轻，我愿意叫她多给咱们做些事！”

停了一会儿，老人又说：“同志，什么时候，我们的天下就打下来？什么时候，把川里的敌人也打走就好了。同志，穷人过着日子，老是没有个底确哩！”

青儿烧着火说：

“哥哥先担心他这几亩地，怕地主再上山来逼人。这两天，看见情况不好，就又病了。”

杨纯安慰鼓励了老人一番。

隔了一天，老人的病好了，可是情况更紧了，他和杨纯商量，在附近山里，找个严实地方，预备着伤员们转移。

吃过晌午饭，他带着杨纯，从向西的一条山沟跑下去。

到了山底，他们攀着那凸出的石头和垂下来的荆条往上爬，半天才走进了那杉树林。树林里积着很厚的雪，向阳的一面，挂满长长的冰柱。不管雪和冰柱都掩不住那正在青春的、翠绿的杉树林。这无边的杉树，同年同月从这山坡长出，受着同等的滋润和营养，它们都是一般茂盛，一般粗细，一般在这刺骨的寒风里，茁壮生长。树林里没有道路，人走过了，留下的脚印，不久就又被雪掩盖。主任的丈夫指给杨纯："那边有一个地窖，"又说，"从这后面上去，就是北台顶，敌人再也不能上去！"

他找着那条陡峭的小路，小路已经叫深雪掩盖，他扒着杉树往上走，雪一直陷到他的大腿那里。他往上爬，雪不断地从他脚下滚来，盖住杨纯。杨纯紧紧跟上去，身上反倒暖和起来，流着汗。主任的丈夫转脸告诉他："把你的扣子结好，帽子拉下来，到了山顶，你的手就伸不出来了。"

他们爬到一个能站脚的地方，站在那里喘喘气。他们就要登上那大山顶，可是从西北方向刮过一阵阵的风，这风头是这样劲，使他们站立不稳。看准风头过去，主任的丈夫才赶忙招呼杨纯跑上去。

站在这山顶上，会忘记了是站在山上，它是这样平敞和看不见边际，只是觉得天和地离得很近，人感受到压迫。风从很远的地方吹过来，没有声音，卷起一团团的雪柱。

走在那平平的山顶上，有一片片薄薄的雪。太阳照在山顶上，像是月亮的光，没有一点暖意。山顶上，常常看见有一种叫雪风吹干了的黄白色的菊花形的小花，香气很是浓烈，主任的丈夫采了放在衣袋里，说是可以当茶叶喝。

薄薄的雪上，也有粗大的野兽走过的脚印。它们深夜在这山顶上行走，黄昏和黎明，向着山下嚎叫，这只配是老虎、豹。

在这里，可以看见无数的、像蒿儿梁那样小小的村庄，像一片片的落叶，粘在各个山的向阳处。可以看见台顶远处大寺院的粉墙琉璃，可以看见川里的河流、河流两岸平坦的稻田，和地主们青楼瓦舍的庄院。

主任的丈夫说："我们住的这些小村子，都是穷佃户，不是庙里的佃户，就是川里的佃户！"

杨纯站在山顶上，他觉得是站在他们作战的边区的头顶上。千万条山谷，纵横在他的眼前，那山谷里起起伏伏，响着一种强烈的风声。冰雪伏藏在她的怀里，阳光照在她的脊背上。瀑布，是为了养育她的儿女，永远流不尽的乳浆，现在结了冰，一直垂到她的脚底！

杨纯想到他的同志们，他的队伍，正在抵挡这寒冷的天气，熬受着锻炼，他们穿着单薄的军衣，背着粗糙食粮，从这条山谷，转战到那个山头，人民热望他们胜利。

远处，那接近冀中平原的地方，腾起一层红色的尘雾。那里有杨纯的家。他好像看见了他那临河的小村庄，和他那两间用土墼垒起的向阳的小屋，那里面居住着他的母亲。

忽然，主任的丈夫喊："不好，你来看。敌人到了成果庵吗？"

杨纯看见，在远远山脚下面，成果庵那里点起火，他断定敌人到了那里，天气还早，敌人可能还要往上赶，到蒿儿梁。他隐隐约约听见了山的下面有枪声，那是放哨人的警号！

他们慌忙寻找下山的道路，主任的丈夫跑在前边。他们从雪上往下滑，石头和荆条撕碎了他们的衣裳，手上流着血。

杨纯心里阵阵作痛，他离开了受伤的同志，使他们遭受牺牲！

当他们跑进那通到村里去的山沟，他们迎见了主任！她满脸流着汗，手拉着跟跄跑来的刘兰！在她旁边是由蒿儿梁老少妇女组成的担架队，抬来了五个伤员。村里听见了警号的枪声，男人们全到了去成果庵的路上（主任说，她刚回到家里，去伏击敌人了）。妇女们跑来和她商量把伤员转移到哪里去，她决定到这个地方来。凡是有力量的，都在担架上搭一把手，把伤员送了出来！

她们把伤员抬到了杉树林的深处，安置在地窖里。她们还抬来主任从川里弄来的粮食和菜蔬，妇女们也都带了干粮来。

主任的丈夫回到村里探消息。

夜晚，飘起雪来，妇女们围坐在地窖旁边，照顾着伤员。杨纯到前面放哨，主任和刘兰在杉树林的边缘站岗。

她们靠在一棵杉树上，主任把羊皮大衣解开，掩盖着刘兰的头。她们前面有一条小河，河面上已经结了冰，还盖上了很厚的雪，但是那小小的山溪冲激得很厉害，在厚厚的冰下面，还听到它那淙淙的寻找道路、流向前去的声音。

主任紧紧抱着刘兰。雪飘在她们头上，不久掩没了她们的脚；雪飘在她们脸上，但立刻就融化了。刘兰呼吸着从她的胸怀放散的热气，这孩子竟有些困倦。

主任望着前面，借着她的好眼力和雪光，她看见杨纯，那个青年人，那个医生，那个同志，抱着一支大枪，站在山坡一块凸出的尖石上。他那白色毡帽，成了一顶雪帽，蓝色的大棉袄背后，也落上一层厚雪。杨纯站在那里，尖着耳朵，听着山谷里的一切声音。不久，他跺一跺脚上的雪，从石头上轻轻跳下来，走到主任的面前说：

"蒿儿梁什么声音也没有，敌人想是在成果庵过夜了，看黎明的时候吧！"

主任说：

"要紧的时候，我们就转移到山顶上去，原班人马都在这里！"

又说："刘兰睡着了，就叫她这么着睡一会儿吧！"

杨纯说：

"你们帮助了我们！"

"我们不是自己人？"主任笑着问。

"这就叫鱼帮水，水帮鱼吧！"杨纯也笑着说。

主任问：

"谁是水？谁是鱼？"

"老百姓是水，我们是鱼！"杨纯说。

"你这比方打错了！"主任说，"老百姓帮助你们，情愿把心掏给你们，为什么？这为的是你们把我们救了出来！"

1949 年 1 月 12 日于胜芳河房

婚　俗

　　赵金铭同志，今年五十八岁了。抗战以前，他在南关桥头一家饭馆里写账，抗战起参加工作，并且在那些残酷的环境里坚持过来了。我们初次见面，我问他在哪里住，他说：

　　"村西北角，三层楼就是我的家。"

　　我找到那里，原来他的三间北屋老朽不堪，并不翻盖，在后山墙外面培上了两层厚厚的土墙，土墙上的小树已经长得很高大了。

　　现在，他好在村里做些头面工作，他常常被人家请去做婚礼的陪客，送嫁或是伴娶。

　　一天，他当陪客回来，到我那里找水喝，我问他：

　　"金铭同志，现在当陪客有什么新内容啊？"

　　"有的，"他说，"按旧礼，陪客不过是防备在路上遇见什么事故，下车说上两句，人家一看是脸面上的人，就过去了。现在，天下农民是一家，这种路上的阻碍是很少了。至于说到新内容，首先当然要结合生产。比如给女方当送客，大席撤了，我到新房里去，对她婆家的人们讲，我们这姑娘，年岁还小，一切要担待些。这是旧话。她在我们村里，是个生产模范，到了这里，还希望婆婆和公公领导她积极生产，上场下地，都不要限制她的自动性。这就是新内容。"

"金铭同志，现在娶亲为什么都骑马？坐轿当然不好，坐车不更好些吗？"

"骑马是从抗战兴起来的，"金铭同志说，"是一种战斗作风。常言说：骑马坐轿。不坐轿了，最上色的当然就是骑马。如果新媳妇坐车，那就和送女客分别不开了。不过骑马也要日常练习，姑娘们凭空骑上去，遇见牲口性质不好，有时要掉下来。所以，都是亲兄弟牵马，就像过去把轿杆一样。"

"你今天送的这门亲事是男女双方自主自愿的吗？"

"是。"金铭同志说，"不过，在乡村里，完全自主自愿的还很少，多一半是爹娘征求孩子们的同意。乡下和你们机关里不一样，机关里，男的女的守着一张桌子，脸对脸地工作，容易自主自愿。在乡下，女孩子们，除去家里就是地里，你叫她到哪里自主？总得经过介绍。"

"这对新夫妇，是你介绍的吗？"

"参加了些意见。"金铭同志说。

过了不多几天，这件婚事就起了纠纷。腊月，县里贯彻婚姻法，新媳妇的娘家是城里，提出离婚。

金铭同志很不同意，他对我说：

"穷人家，娶个媳妇实在不易，这样娶了三天半就散，等于倾人家的产业。"

"男方花了多少钱？"我问。

"一件缎子大袄，一件卫生衣，一双毛口棉鞋。"金铭同志计算着，"杀了一口肥猪，吃了多半个，十桌酒席，加上小零碎，要二百多万。"

婆婆啼哭着来找赵金铭，说是新媳妇的哥哥套着车拉陪送来了。

这件事，招了一街筒子人。金铭同志出来，那些妇女都说：

"金铭，去，不能让他拉着走。"

并没用金铭开口。新媳妇的哥哥一见街上这种阵势，加上心里的封建观念，只是和婆婆交代了几句，就垂头丧气地赶着空车走了。

又过了几天，有工作组到附近的村庄做贯彻婚姻法的示范了，婆婆又找了金铭来，说是新媳妇自己赶着车来拉东西了。

人们都赶到屋里院里去看，新媳妇站在车旁边，坚决要离婚。扒着墙头的小孩子们拿土坷垃投她，有的妇女还嚷嚷着叫人去打井水来冲洗院子。在这个环境里，新媳妇看见赵金铭走来，希望他能根据政策讲话。

金铭同志冲着她喊：

"你这叫什么？你想想吧，缀上绊带就是估衣呀！"

新媳妇啼哭着，又赶着空车走了。

工作组到这村里来了，召开了一系列的会议。新媳妇又来拉东西，同来的还有娘家村里的宣传委员。

街上的议论，已经改变：

"叫人家拉走吧，现在是这个政策。"

婆婆还是找赵金铭。村里有的人也来撺掇。因为同着女方来的这个宣传委员，也是个很能讲话的人，而赵金铭是这一带有名的"大哨儿"，如果叫他拉走了东西，村里不光彩。人们愿意看看这次舌战。但是赵金铭悄悄告诉婆婆，不要当"典型"，让人家把东西拉走了。

他到园里去种菜。我正在野外散步，他把我喊过去，讲了一些从贯彻婚姻法以来，发生的离婚故事。他说有一个姑娘，已经骑马走在大路上了，一回头看见新郎不顺眼，拨马而回。另有一个姑娘，赴了大席，一抹嘴就回娘家来了。

他先种麻山药，一截一截地摆好，上过草粪，然后埋平，种得还仔细。后来天黑了，他把几个纸包里的菜籽抖在一个畦里。我说：

"那净是什么菜？"

"菠菜、茴香、小葱，什么也有。"

"你怎么种在一起？"

"没关系。什么先出来，就先吃什么。"

金铭同志，是多么需要学习呀！

1953 年 9 月 4 日记

一天日记

今天早晨有大雾，接近中午的时候天放晴了，树枝和电线上的霜融化了。

我是多么感激白塘口乡工作组的妇女干部们，她们那样热情地向我介绍访问的线索。

王秀楼同志先带我到郑淑琴家里去。郑淑琴十七岁结婚，那时她的丈夫才十五岁，结婚的时候，她的衣服都是借的人家的。每年六月天，她就只有一件褂子穿。生活困难，因此夫妇感情就不好，感情不好，丈夫在生产上也没劲，长年只是赤个脚，打鱼摸虾钓个螃蟹，地总是种不好。一九五三年夫妇两个商量着入了农业生产合作社，现在的情形，据郑淑琴自己说是："感谢毛主席，夫妇的感情和睦了，他疼我，我疼他。他在地里做活，我就先走一步回家挑水，他知道我在家里做饭，下地就顺便担回一担草来。我们已经添了两床新被子，里面三新的棉衣，每人一身，单衣服呢，除去穿的，每人还有一身替换的，我的热情太高了。"

郑淑琴正在给她丈夫做棉袄，当她和我谈话的时候，王秀楼同志就帮助她填铺棉絮。

从郑淑琴家出来，从后街绕过去，我们找到了韩家舫。她正在她家对门的一个小院里，套着一匹小驴儿磨面，王秀楼同志抢着替她看磨，她站在庭院里和我谈话。小驴儿一听见主人和别人谈话，它就常常停下来谛听着，王同志一直在吆喝它。难道说，对于现在村里无处不在议论的题目，它也感到新鲜，并且因为也会影响到它的生活前景，而表示了特别的关心吗？

韩家舫今年二十五岁，这是一位短小精悍的青年妇女，她把两手背在身后，两只脚采取"稍息"的姿势，自然悠闲地和我谈话。她的特点是，在入社的时候，她就明白了社会主义生产的远景和意义。她的丈夫是天津一个蛋厂的工人，夫妇感情很好，丈夫不论下班多晚，每天总要从市里骑车赶回家来。丈夫不愿意叫她出来参加社会活动和集体生产，在乡干部的帮助下，她教育说服了自己的丈夫。现在丈夫保证不再限制她，并且对她说："开会什么的，你不要落后！"她说："这个，用不着你嘱咐！"

韩家舫只是一个例子。她的语音，我好像很熟悉。我想起那天，妇女们在工作组住的院里开会，讨论怎样和男人共同努力生产，怎样打破男人的封建观念的时候，听到的一些生动的语言：

妇甲："我对丈夫说：'我这是去生产，又不是去搞对象，你不能限制我！'"

妇乙："这是他还不明白，搞上一年，人们就知道我们妇女参加生产，是太好啦！"

妇甲："对。我和他说，我不走邪魔外道，就是要参加农业生产合作社，走毛主席指引的这条光明正大的道！"

妇乙："秋后一分东西，他保险就乐啦！"

妇甲："我的丈夫还说这个哩：'你们虽然是小脚妇女，可前进得太快啦！'你们猜，我怎样回答他？我说：'你怎么说这样的话？咱们国家需要，这样快走，我还恐怕赶不上哩！'一句话，顶得他老实了。"

妇乙："夫妇要互相帮助，也不要伤和气，我的经验，男人是好克服的，要看机会和他讲。"

妇女同志们，这都是些零碎材料，不足以表达你们在伟大的生活变革面前，所表现的勇迈前进的姿态，而你们是多么希望我能比较完整地，用典型的事例来表达你们所做的工作呀！

我们向韩家舫告辞出来，却在她家的门口遇到了妇女生产队长林桂兰，她也是经同志们介绍来同我谈话的。

我们就一同到韩家舫婆母的屋里，韩家舫也陪着进来了。

这是一小间土坯房，屋里生着一个大口炉子，非常暖和。

韩家舫的婆母，正坐在炕上，哄着两个小孙女儿玩。

林桂兰今年十八岁，她已经是天津郊区很有名的人物。一九五两年她就参加了社，并且带队生产，那时她才十四五岁。几年来，她的妇女生产队，已经由三五个人发展到七八十个人了。她在家里行大，下面有四个弟弟，两个妹妹，过去父亲给人家打短工养活这些孩子，生活是多么困难，可是那时父亲还是不愿意叫女儿出来参加生产。现在因为林桂兰和妹妹参加生产，出工很多，收入很多，父亲和母亲都说："家里要是没有这两个闺女，可就不行了。"

这女孩子穿得很好，长得也很好，说话很是流利大方。她对我谈得很多，介绍了她的生产队，然后又介绍了她个人领导工作的经验，因为她经常做报告、汇报，也经常回答别人的访问，这些材料，就好像背熟了的功课一样。

我不再详细记下这些材料。但是，当我和她在这家原来是贫农的一间小屋里谈话的时候，当我们身边有：一个妇联的深入群众生活的工作干部，一个积极参加农业生产合作社的韩家舫，一个坐在炕上享受冬季饱暖之福、天伦之乐的老大娘，特别是因为有那一个趴在祖母怀里玩耍的小女孩，和另外一个伏在炕沿上安静地听着大人说话的小女孩，都对林桂兰的事例，感到欢乐和幸福的时候，一幅中国妇女的完整的斗争和解放的图案，就在我的心目中形成了。

老大娘不停地微微俯仰着上身，爱抚地摇动着怀里的小孙女儿，她的脸上明显地表露着内心的欢乐的感情，她嘴里喃喃地说：

"我的小孙女儿，长大了，也像她林桂兰姐姐一样！"

这是伟大的生活，向我揭示的总的题目中的一个。

1955 年 12 月 21 日

浇　园

　　七月里，一天早晨，从鸡叫的时候，就听见西边炮响，响得很紧。村里人们早早起来，站在堤上张望。不久，从西边大道上过来了担架队，满是尘土和露水。担架放在村边休息；后边又过来了一副，四个高个儿小伙子抬着，走得最慢，他们小心看着道路，脚步放轻。村边的人知道床上的人一定伤很重，趋上前面去。担架过来，看好平整地方，前后招呼着放下，民工的脸上，劳累以外满挂着忧愁。慰劳股的妇女们俯下身去看望伤员。前边的大个子民工擦着脸上的汗，说：

　　"唉！你们轻轻的吧！"

　　随后叹了一口气。另一个大高个子说：

　　"我看不用叫他了，一路上他什么东西也不吃。"

　　人们全围上来。大个子又说：

　　"真是好样儿的呀，第一个爬梯登城，伤着了要紧的地方，还是冲上去打！直到把敌人打下城去，我们的人全上来，才倒在城墙边上，要是跌下城来，可就没救了。"

"谁知道这能好了好不了！是个连长，才二十岁。"后面另一个大个儿接着说。

村里住下八个伤号，伤重的连长要住个清静地方，就住在香菊的家里了。香菊忙着先叫小妹妹二菊跑回家，把屋子和炕好好打扫一遍。人们把伤号安置好，伤号有时哼哼两声，没有睁开眼睛。

香菊站在炕沿边望了一会儿他的脸，不敢叫醒他，不敢去看他的伤。香菊从小不敢看亲人流的血，从来也不敢看伤员的血，同年的姐妹们常常笑话她胆小。几次村中青年妇女们拆洗伤员的粘着血迹的被子和衣服，香菊全拒绝了。她转过身来对站在她身后的二菊说：

"去烧火！"

二菊害怕姐姐又骂她不中用，抱了一把柴火进来，就拉风箱。香菊小声吓唬她：

"你该死了，轻着点！"

温热了水，香菊找出了过年用的干净手巾，给伤员擦去了脸上的灰尘。香菊看见他很年轻，白白的脸，没有血色；大大的眼睛，还是闭着。看来是很俊气很温柔的。二菊到窗台上的鸡窝去摸鸡蛋，鸡飞着，叫起来，二菊心里害怕姐姐骂，托着鸡蛋进来，叫姐姐看。

香菊轻轻叫醒伤号，喂着他吃了。吃完了，伤号抬起头来，望了望香菊，就又躺下了。

香菊每天夜里和秋花嫂子去就伴，白天和秋花搭伙纺线织布，回到家来就问二菊，他轻些了吗？叫喊没有？同时告诉小妹妹，鸡下了蛋就把它赶出去；有人来捶布，叫他到别人家，不要惊动病人。

几天来，伤号并没有见轻，香菊总是愁眉不展，在炕边呆呆地站一会儿，又在窗台下呆呆站一会儿，才到秋花家里来。在街上，有那些大娘问她：

"香菊，你家那个伤号轻些了吗？"

香菊低着头说：

"不见轻哩！"

她心里沉重得厉害。这些日子，她吃的饭很少，做活也不上心。只有秋花看出她的心思来。

一天早晨，香菊走到屋里，往炕上一看，看见伤员睁着眼睛，望着窗户外面早晨新开的一支扁豆花。香菊暗暗高兴地笑了。

她小声问：

"你好些了？"

伤员回过头来，看见是个姑娘，微弱地说：

"你叫什么？住在哪里？"

"我叫香菊，这就是我的家。"香菊不知道说什么好，她竟是要哭了，可还是笑着说。

伤员也笑了，说：

"怎么没见过你？"

"你没见过我，你睁过眼吗？现在你才好了。"香菊要谢天谢地的样子。又说，"我们从来没敢大声说话呀，走路都提着脚跟。"她笑着转过身来。

"现在快秋收了吧？"伤员说。

"大秋还不到，天旱，秋天好不了。只要你的伤好了，就比什么也强。"香菊点火做饭，又说，"现在你好了，你想吃什么？说吧！"

到锄过二遍地，伤号已经能挂着拐出来走动了。也常到秋花家，看着她们纺线。那时候，妇女们正改造纺车添加速轮，做一个加速轮费工夫很大，妇女们不愿意耽误一天纺线，去修理它。伤号就把一条腿架在拐上，给秋花和香菊每人做了一个加速轮，做得很精巧好使，像一家人一样，越混越亲热了。

这伤号叫李丹，他对香菊说，他家是阜平。小时给人家放牛，八路军来到山上，就跟在队伍后面走了。那时才十三岁。先是当勤务员，大些了当警卫员，再大些当班长、排长。十年战争，也不知道参加过多少次的战斗，战斗在记不清的山顶、记不清的河边、记不清的石头旁边和沙滩里。他说十年的小米饭把他养大，十年部队生活，同志和首长的爱护关怀，使他经得苦，打得仗，认得字，看得书。十年的战争把他教育：为那神圣的理想，献出最后一滴血，成就一个人民光荣的子弟。

天旱得厉害，庄稼正需要雨的时候，老天偏不下雨。这叫卡脖子旱，高粱秀不出穗来，秀出穗来的，晒不出米来。谷，拼命往外吐穗，像闯过一道关卡，秀出来的穗，也是尖尖的，秃秃的，没有粒实。人们着急了，香菊放下纺车，每天下地浇园。每天，半夜里，就到地里去，留下二菊在家里做饭，李丹帮她拉风箱烧火。吃饭时香菊回来，累得一点力气也没有，衣裳和头发全精湿，像叫水浇过。她蹲在桌子旁边，一句话也不愿意说，好歹吃点，就又背上大水斗子走了。

这天李丹拄着拐，来到村南，站在高坡上一望，望见了香菊那破白布小褂。太阳偏西了，还是很热，庄稼的叶子全耷拉下来，天上一丝云彩也没有，只有李丹的家乡西山那里，才有一层红色的烟尘，笼罩着村庄树木。

香菊在那里用力浇着园，把一斗水绞上来，把斗子放下去，她才直一直身，抬起手背擦一擦脸上流着的汗。然后把身子一倾，摇着辘轳把水摆满，再吃力地把水斗绞起。

李丹从小时没做过这种劳动，他只是在河边上用杠杆车过水，觉得比这个省力得多。他拐到那里，从畦背上走过去，才看见香菊隐在一排几棵又高又密的鬼子姜后面。

这是特意栽培的鬼子姜，它长起来，可以遮蔽太阳。一棵小葫芦攀缘上去，开了一朵雪白的小花，在四外酷旱的田野里，只有它还带着清晨的露水。香菊抬头看见李丹来了，就停下来，喘着气问：

"你来干什么？这么晒的天！"

李丹看见香菊的衣裳整个湿透了，贴在身上，头上的汗水，随着水斗子的漏水，滴答滴落到井里去，就说：

"这个活太累，我来帮帮你吧。"

香菊笑了一笑，就又把水斗子哗啦啦放下去了，她说：

"你不行，好好养你的伤吧！"

李丹站在香菊对面，把拐支稳，低下头一看：那是一眼大井，从砖缝里蓬蓬生长着特别翠绿的草，井水震荡得很厉害，可是稍一平静，他就看见水里面轻微地浮动着晴朗的天空，香菊的和鬼子姜的影子，还有那朵颤巍巍的小白葫芦花。

李丹很喜爱这个地方，也着实心疼那浇园流汗的人，他又劝香菊：

"很累了，休息一下吧！"

香菊说：

"不能休息。好容易才把垄沟灌满，断了流又不知道要费多么大的力气。"接着她望一望西北上说，"你看看那里起来的是不是云彩？"

李丹转身一望说：

"那不是云彩，那是山。"

"下场雨就好了，"香菊喘着气说，"我在睡梦里都听着雷响，我们盼望庄稼长好，多打粮食，就像你盼望多打胜仗一样。"

李丹顺着垄沟走过去，地是那么干燥，李丹想：要吸收多少水，才能止住这庄稼的饥渴？要流多少汗，才能换来几斗粗粮，供给我们吃用？他深深地感觉到自己战斗流血的意义，对香菊的辛苦劳动，无比地尊敬起来。回头望望香菊，香菊低着头浇园，水越浅，井越深，绳越长，她浇着越吃力了。

等到天晚，风吹着香菊那涨红流汗的脸。

"我们回去吧！"她说着又浇上一斗，放倒在水池子上，水滴滴答答落到井里。她大步过来，在水池子里洗了洗脚，就蹬上了放在一边的鞋。她问李丹："你想吃什么菜？"

李丹说："我想吃辣椒。"

"不。你的伤还没好利落，我给你摘几个茄子带回去。"香菊抖着湿透了的辫子走到菜畦里去，拨着叶子，找着那大个的茄子，摘了几个。等她卸下辘轳回家的时候，天色已经很晚了。她说：

"从这小道上回去吧！"

她背着辘轳，走在前面，经过一块棒子地，她拔了一棵，咬了咬，回头交给李丹，李丹问：

“甜不甜？”

香菊回过头去，说：“你尝尝呀，不甜就给你？”

李丹嚼着甜棒，香菊慢慢在前面走，头也不回，只是听着李丹的拐响，不把他落得远了。

天空里只有新出来的、弯弯下垂的月亮，和在它上面的那一颗大星，活像在那旷漠的疆场，有人刚刚弯弓射出了一粒弹丸。

                1948 年于冀中

童年漫忆

听说书

我的故乡的原始住户，据说是山西的移民，我幼小的时候，曾在去过山西的人家，见过那个移民旧址的照片，上面有一株老槐树，这就是我们祖先最早的住处。

我的家乡离山西省是很远的，但在我们那一条街上，就有好几户人家，以长年去山西做小生意，维持一家人的生活，而且一直传下好几辈。他们多是挑货郎担，春节也不回家，因为那正是生意兴隆的季节。他们回到家来，我记得常常是在夏秋忙季。他们到家以后，就到地里干活，总是叫他们的女人，挨户送一些小玩意儿或是蚕豆给孩子们，所以我的印象很深。

其中有一个人，我叫他德胜大伯，那时他有四十岁上下。每年回来，如果是夏秋之间农活稍闲的时候，我们一条街上的人，吃过晚饭，坐在碾盘旁边去乘凉。一家大梢门两旁，有两个柳木门墩，德胜大伯常常被人们推请坐在一个门墩上面，给人们讲说评书，另一个门墩上，照例是坐一位年纪大辈数高的人，和他对称。我记得他在这里讲过《七侠五义》等故事，他讲得真好，就像一个专业艺人一样。

他并不识字，这我是记得很清楚的。他常年在外，他家的大娘，因为身材高，我们都叫她"大个儿大妈"。她每天挎着一个大柳条篮子，敲着小铜锣卖烧饼馃子。德胜大伯回来，有时帮她记记账，他把高粱的茎秆，截成笔帽那么长，用绳穿结起来，横挂在炕头的墙壁上，这就叫"账码"，谁赊多少谁还多少，他就站在炕上，用手推拨那些茎秆儿，很有些结绳而治的味道。

他对评书记得很清楚，讲得也很熟练，我想他也不是花钱到娱乐场所听来的。他在山西做生意，长年住在小旅店里，同住的人，干什么的也有，夜晚没事，也许就请会说评书的人，免费说两段，为长年旅行在外的人们消愁解闷，日子长了，他就记住了全部。

他可能也说过一些山西人的风俗习惯，因为我年岁小，对这些没兴趣，都忘记了。

德胜大伯在做小买卖途中，遇到瘟疫，死在外地的荒村小店里。他留下一个独生子叫铁锤。前几年，我回家乡，见到铁锤，一家人住在高爽的新房里，屋里陈设，在全村也是最讲究的。他心灵手巧，能做木工，并且能在玻璃片上画花鸟和山水，大受远近要结婚的青年农民的欢迎。他在公社担任会计，算法精通。

德胜大伯说的是评书，也叫平话，就是只凭演说，不加伴奏。在乡村，麦秋过后，还常有职业性的说书人，来到街头。其实，他们也多半是业余的，或是半职业性的。他们说唱完了以后，有的由经管人给他们敛些新打下的粮食；有的是自己兼做小买卖，比如卖针，在他说唱中间，由一个管事人，在妇女群中，给他卖完那一部分针就是了。这一种人，多是说快书，即不用弦子，只用鼓板。骑着一辆自行车，车后座做鼓架。他们不说整本，只说小段。卖完针，就又到别的村庄去了。

一年秋后，村里来了弟兄三个人，推着一车羊毛，说是会说书，兼有擀毡条的手艺。第一天晚上，就在街头说了起来，老大弹弦，老二说《呼家将》，真正的西河大鼓，韵调很好。村里一些老年的书迷，大为赞赏。第二天就去给他们张罗生意，挨家挨户去动员：擀毡条。

他们在村里住了三四个月，每天夜晚说《呼家将》。冬天天冷，就把书场移到一家茶馆的大房子里。有时老二回老家运羊毛，就由老三代说，但人们对他的评价不高，另外，他也不会说《呼家将》。

眼看就要过年了，呼延庆的擂还没打成。每天晚上预告，明天就可以打擂了，第二天晚上，书中又出了岔子，还是打不成。人们盼呀，盼呀，大人孩子都在盼。村里娶儿聘妇要擀毡条的主，也差不多都擀了，几个老书迷，还在四处动员：

"擀一条吧，冬天铺在炕上多暖和呀！再说，你不擀毡条，呼延庆也打不了擂呀！"

直到腊月二十老几，弟兄三个看着这村里实在也没有生意可做了，才结束了《呼家将》。他们这部长篇，如果整理出版，我想一定也有两块大砖头那么厚吧。

保定旧事

　　我的家乡，距离保定，有一百八十里路。我跟随父亲在安国县，这样就缩短了六十里路。去保定上学，总是雇单套骡车，三个或两个同学，合雇一辆。车是前一天定好，刚过半夜，车夫就来打门了。他们一般是很守信用，绝不会误了客人行程的。于是抱行李上车。在路上，如果你高兴，车夫可以给你讲故事；如果你困了，要睡觉，他便停止，也坐在车前沿，抱着鞭子睡起来。这种旅行，虽在深夜，也不会迷失路途。因为学生们开学，路上的车，连成了一条长龙。牲口也是熟路，前边停下，它也停下；前边走了，它也跟着走起来，这样一直走到唐河渡口，天也就大亮了。如果是春冬天，在渡口也不会耽搁多久。车从草桥上过去，桥头上站着一个人，一边和车夫们开着玩笑，一边敲讹着学生们的过路钱。

　　中午，在温仁或是南大冉打尖。一进街口，便有望不到头的各式各样的笊篱，挂在大街两旁的店门口。店伙们站在门口，喊叫着，招呼着，甚至拦截着，请车辆到他的店中去。但是，这不会酿成很大的混乱，也不会因为争夺生意，互相吵闹起来。因为店伙们和车夫们都心中有数，谁是哪家的主顾，这是一生一世，也不会轻易忘情和发生变异的。

一进要停车打尖的村口，车夫们便都神气起来。那种神气是没法形容的，只有用他们的行话，才能说明万一。这就是那句社会上公认的成语："车喝儿进店，给个知县也不干！"

确实如此，车夫把车喝住，把鞭子往车轴上一插，便什么也不管，径到柜房，洗脸，喝茶，吃饭去了。一切由店伙代劳。酒饭钱，牲口草料钱，自然是从乘客的饭钱中代付了。

牲口、人吃饱了，喝足了，连知县都不想干的车夫们，一个个喝得醉醺醺的，蜂拥着从柜房出来，催客人上路。其实，客人们早就等急了，天也不早了。这时，人欢马腾，一辆辆车赶得要飞起来，车夫坐在车上，笑嘻嘻地回头对客人说：

"先生，着什么急？这是去上学，又不是回家，有媳妇等着你！"

"你该着急呀，"一些年岁大的客人说，"保定府，你有相好的吧！"

"那误不了，上灯以前赶到就行！"车夫笑着说。

一进校门，便是黄卷青灯的生活。

这是一所私立中学，设在西关外一条南北街上。这是一条很荒凉的小街道，但庄严地坐落着一所大学和两所中等学校。此外就只有几家小饭铺，三两处糖摊。

整个保定的街道，都是坑坑洼洼、尘土飞扬的。那时谁也没想过，这个府城为什么这样荒凉，这样破旧，这样萧条。也没有谁想到去建设它，或是把它修整修整。谁也没有去注意这个城市的市政机关设在哪里，也看不到一个清扫街道的工人。

从学校进城去，还有一条斜着通到西门的坎坷的土马路，走过一座卖包子和罩火烧的小楼，便是护城河的石桥。秋冬风沙大，接近城门时，从门洞刮出的风又冷又烈，就得侧着身子或背着身子走。在转身的一刹那，常常会看到，在城门一边的墙上，挂着一个小木笼，这就是在那个年代，视为平常的、被灰尘蒙盖了的、血肉模糊的示众的首级。

经常有些杂牌军队，在西关火车站驻防。星期天，在石桥旁边那家澡塘里，可以看到好多军人洗澡。在马路上，三五成群的外出士兵，一般都不携带枪支，而是把宽厚的皮带握在手里。黄昏的时候，常常有全副武装的一小队人，匆匆忙忙在街上冲过，最前边的一个人，抱着灵牌一样的纸糊大令。城门上悬挂的物件，就全是他们的作品。

如果遇到什么特别重要的人物来了，比如当时的张学良，则临时戒严，街上行人，一律面向墙壁，背后排列着也是面向墙壁的持枪士兵。

这个城市，就靠几所学校维持着，成为中国北方除北平以外著名的文化古城。

如果不是星期天，城里那条最主要的街道——西大街上，是很少行人的。两旁店铺的门，有的虚掩着，有的干脆就关闭。有名的市场"马号"里，游人也是寥寥无几。这个市场，高高低低，非常阴暗。各个小铺子里的店员们，呆呆地站在柜台旁边，有的就靠着柜台睡着了。

只有南门外大街上，几家小铁器铺里，传出叮叮当当的响声；另外，从西关水磨那里，传来哗哗的流水声。此外，这就是一座灰色的，没有声音的，城南那座曹锟花园，也没有几个游人的，窒息了的城市。

那时候，只是一家单纯的富农，还不能供给一个中学生；一家普通地主，不能供给一个大学生。必须都兼有商业资本或其他收入。这样，在很长时间里，文化和剥削，发生着不可分割的关联。

这所私立的中学，一个学生一年要交三十六元的学费（买书在外）。那时，农民出售三十斤一斗的小麦，也不过收入一元多钱。

这所中学，不只在保定，在整个华北也是有名的。它不惜重金，礼聘有名望的教员，它的毕业生，成为天津北洋大学录取新生的一个主要来源。同时，不惜工本，培养运动员。北平师范大学体育系，每期差不多由它包办了。它在篮球场上，一度成为舞台上的梅兰芳那样的明星——王玉增的母校。

它也是那些从它这里培养，去法国勤工俭学，归来后成为一代著名人物的人的母校。

当我进校的时候，它还附设着一个铁工厂，又和化学教员合办了一个制革厂，都没有什么生意，学生也不到那里去劳动，勤工俭学，已经名存实亡了。

学校从操场的西南角，划出一片地方，临着街盖了一排教室，办了一所平民学校。

在我上高二的时候，我有一个要好的同班生，被学校任命为平民学校的校长。他见我经常在校刊上发表小说，就约我去教女高小两年级的国文。

被教育了这么些年，一旦要去教育别人，确是很新鲜的事。听到上课的铃声，抱着书本和教具，从教员预备室里出来，严肃认真地走进教室。教室很小，学生也不多，只有五六个人。她们肃静地站立起来，认真地行着礼。

平民学校的对门，就是保定第二师范。在那灰色的大围墙里面，它的学生们，正在进行实验苏维埃的红色革命。国家民族处在生死存亡危急的关头，"九一八""一·二八"事变，在学生平静的读书生活里，像投下两颗炸弹，许多重大迫切的问题，涌到青年们的眼前，要求每个人做出解答。

我写了韩国志士谋求独立的剧本，给学生们讲了法国和波兰的爱国小说，后来又讲了十月革命的短篇作品。

班长王淑珍，坐在最前排中间位置上。每当我进来，她喊着口令，声音沉稳而略带沙哑。她身材矮小，面孔很白，眼睛在她那小而有些下尖的脸盘上，显得特别黑和特别大。油黑的短头发，分下来紧紧贴在两鬓上。嘴很小，下唇丰厚，说话的时候，总带着轻微的笑。

她非常聪明，各门功课都是出类拔萃的，大楷和绘画，我是望尘莫及的。她的作文，紧紧吻合着时代，以及我教课的思想和感情。有说不完的意思，她就写很长的信，寄到我的学校，和我讨论，要我解答。

我们的校长，曾经跟随过孙中山先生，后来，有人说他成了国家主义派，专门办教育了。他住在学校第二层院的正房里。学校原是由一座旧庙改建的，他所住的，就是庙宇的正殿。他是道貌岸然的，长年袍褂不离身。很少看见他和人谈笑，却常常看到他在那小小的庭院里散步，也只是限于他门前那一点点地方。一九二七年以后，每次周会，能在大饭堂听到他的清楚简短的讲话。

训育主任的办公室，设在学生出入必须经过的走廊里。他坐在办公桌上，就可以对出入学校大门的人一览无余。他觉得这还不够，几乎无时不在那一丈多长的走廊中间来回踱步。师道尊严，尤其是训育主任，左规右矩，走路都要给学生做出楷模。他高个子，西服革履，一脸杀气——据说曾当过连长，眼睛平直前望，一步迈出去，那种傲慢劲和造作劲，和仙鹤完全一样。

他的办公室的对面，是学生信架，每天下午课后，学生们到这里来，看有没有自己的信件。有一天，训育主任把我叫到他的办公室，用简短客气的话语，免去了我在平校的教职。显然是王淑珍的信出了毛病。

我的讲室，在面对操场的那座二层楼上。每次课间休息，我们都到走廊上，看操场上的学生们玩球。平校的小小院落，看得很清楚。随着下课铃响，我看见王淑珍站在她的课堂门前的台阶上，用忧郁的、大胆的、厚意深情的目光，投向我们的大楼之上。如果是下午，阳光直射在她的身上。她不顾同学们从她身边跑进跑出，直到上课的铃声响完，她才最后一个转身进入教室。

我从农村来，当时不太了解王淑珍的家庭生活。后来我才知道，这叫作城市贫民。她的祖先，不知在一种什么境遇下，在这个城市住了下来，目前生活是很穷困的了。她的母亲，只能把她押在那变化无常的，难以捉摸的，生活或者叫作命运的棋盘上。

城市贫民和农村的贫农不一样。城市贫民，如果他的祖先阔气过，那就要照顾生活的体面。特别是一个女孩子，她在家里可以吃不饱，但出门之时，就要有一件像样的衣服穿在身上。如果在冬天，就还要有一条宽大漂亮的毛线围巾，披在肩头。

当她因为眼病，住了西关思罗医院的时候，我又知道她家是教民，这当然也是为了得到生活上的救济。我到医院去看望了她，她用纱布包裹着双眼，像捉迷藏一样。她母亲看见我，就到外边买东西去了。在那间小房子里，王淑珍对我说了情意深长的话。医院的人来叫她去换药，我也告辞，她走到医院大楼的门口，回过身来，背靠着墙，向我的方位站了一会儿。

这座医院，是一座外国人办的医院，它有一带大围墙，围墙以内就成了殖民地。我顺着围墙往外走，经过一片杨树林。有一个小教民，背着柴筐从对面走来，向我举起拳头示威。是怕我和他争夺秋天的败枝落叶呢，还是意识到主子是外国人，自己也高人一等？

王淑珍和我年岁相差不多，她竟把我当作师长，在茫茫的人生原野上，希望我能指引给她一条正确的路。我很惭愧，我不是先知先觉，我很平庸，不能引导别人，自己也正在苦恼地从书本和实践中探索。训育主任，想叫学生循着他所规定的，像操场上田径比赛时，用白粉画定的跑道前进，这也是不可能的。时代和生活的波涛，不断起伏。在抗日大浪潮的推动下，我离开了保定，到了距离她很远的地方。

我不知道，生活把王淑珍推到了什么地方，我想她现在一定生活得很幸福。

　　那种苦雨愁城、枯柳败路的印象，很自然地一扫而光。

1977 年 3 月

亡人逸事

一

旧式婚姻，过去叫作"天作之合"，是非常偶然的。据亡妻言，她十九岁那年，夏季一个下雨天，她父亲在临街的梢门洞里闲坐，从东面来了两个妇女，是说媒为业的，被雨淋湿了衣服。她父亲认识其中的一个，就让她们到梢门下避避雨再走，随便问道：

"给谁家说亲去的？"

"东头崔家。"

"给哪村说的？"

"东辽城。崔家的姑娘不大般配，恐怕成不了。"

"男方是怎么个人家？"

媒人简单介绍了一下，就笑着问：

"你家二姑娘怎样？不愿意寻吧？"

"怎么不愿意？你们就去给说说吧，我也打听打听。"她父亲回答得很爽快。

就这样，经过媒人来回跑了几趟，亲事竟然说成了。结婚以后，她跟我学认字，我们的洞房喜联横批，就是"天作之合"四个字。她点头笑着说：

"真不假，什么事都是天定的。假如不是下雨，我就到不了你家里来！"

二

虽然是封建婚姻，第一次见面却是在结婚之前。订婚后，她们村里唱大戏，我正好放假在家里。她们村有我的一个远房姑姑，特意来叫我去看戏，说是可以相相媳妇。开戏的那天，我去了，姑姑在戏台下等我。她拉着我的手，走到一条长板凳跟前。板凳上，并排站着三个大姑娘，都穿得花枝招展，留着大辫子。姑姑叫着我的名字，说：

"你就在这里看吧，散了戏，我来叫你家去吃饭。"

姑姑的话还没有说完，我看见站在板凳中间的那个姑娘，用力盯了我一眼，从板凳上跳下来，走到照棚外面，钻进了一辆轿车。那时姑娘们出来看戏，虽在本村，也是套车送到台下，然后再搬着带来的板凳，到照棚下面看戏的。

结婚以后，姑姑总是拿这件事和她开玩笑，她也总是说姑姑会出坏道儿。

她礼教观念很重。结婚已经好多年，有一次我路过她家，想叫她跟我一同回家去。她严肃地说：

"你明天叫车来接我吧，我不能这样跟着你走。"我只好一个人走了。

三

她在娘家，因为是小闺女，娇惯一些，从小只会做些针线活；没有下场下地劳动过。到了我们家，我母亲好下地劳动，尤其好打早起，麦秋两季，听见鸡叫，就叫起她来做饭。

又没个钟表，有时饭做熟了，天还不亮。她颇以为苦。回到娘家，曾向她父亲哭诉。她父亲问：

"婆婆叫你早起，她也起来吗？"

"她比我起得更早。还说心疼我，让我多睡了会儿哩！"

"那你还哭什么呢？"

我母亲知道她没有力气，常对她说：

"人的力气是使出来的，要伸懒筋。"

有一天，母亲带她到场院去摘北瓜，摘了满满一大筐。母亲问她：

"试试，看你背得动吗？"

她弯下腰，挎好筐系猛一立，因为北瓜太重，把她弄了个后仰，沾了满身土，北瓜也滚了满地。她站起来哭了。母亲倒笑了，自己把北瓜一个个捡起来，背到家里去了。

我们那村庄，自古以来兴织布，她不会。后来孩子多了，穿衣困难，她就下决心学。从纺线到织布，都学会了。我从外面回来，看到她两个大拇指，都因为推机杼，顶得变了形，又粗、又短，指甲也短了。

后来，因为闹日本，家境越来越不好，我又不在家，她带着孩子们下场下地。到了集日，自己去卖线卖布。有时和大女儿轮换着背上二斗高粱，走三里路，到集上去粜卖。从来没有对我叫过苦。

几个孩子，也都是她在战争的年月里，一手拉扯成人长大的。农村少医药，我们十二岁的长子，竟以盲肠炎不治死亡。每逢孩子发烧，她总是整夜抱着，来回在炕上走。在她生前，我曾对孩子们说：

"我对你们，没负什么责任。母亲把你们弄大，可不容易，你们应该记着。"

四

一位老朋友、老邻居，近几年来，屡次建议我写写"大嫂"。因为他觉得她待我太好，帮助太大了。老朋友说：

"她在生活上，对你的照顾，自不待言。在文字工作上的帮助，我看也不小。可以看出，你曾多次借用她的形象，写进你的小说。至于语言，你自己承认，她是你的第二源泉。当然，她瞑目之时，冰连地结，人事皆非，言念必不及此，别人也不会做此要求。但目前情况不同，文章一事，除重大题材外，也允许记些私事。你年事已高，如果仓促有所不讳，你不觉得是个遗憾吗？"

我唯唯，但一直拖延着没有写。这是因为，虽然我们结婚很早，但正像古人常说的：相聚之日少，分离之日多；欢乐之时少，相对愁叹之时多耳。我们的青春，在战争年代中抛掷了。以后，家庭及我，又多遭变故，直到最后她的死亡。

我衰年多病，实在不愿再去回顾这些。但目前也出现一些异象：过去，青春两地，一别数年，求一梦而不可得。今老年孤处，四壁生寒，却几乎每晚梦见她，想摆脱也做不到。按照迷信的说法，这可能是地下相会之期，已经不远了。因此，选择一些不太使人感伤的片段，记述如上。已散见于其他文字中者，不再重复。就是这样的文字，我也写不下去了。

我们结婚四十年，我有许多事情，对不起她，可以说她没有一件事情是对不起我的。在夫妻的情分上，我做得很差。

正因为如此，她对我们之间的恩爱，记忆很深。我在北平当小职员时，曾经买过两丈花布，直接寄至她家。临终之前，她还向我提起这一件小事，问道：

"你那时为什么把布寄到我娘家去啊？"

我说：

"为的是叫你做衣服方便呀！"

她闭上眼睛，久病的脸上，展现了一丝幸福的笑容。

1982 年 2 月 12 日晚

某村旧事

　　一九四五年八月，日寇投降，我从延安出发，十月到浑源，休息一些日子，到了张家口。那时已经是冬季，我穿着一身很不合体的毛蓝粗布棉衣，见到在张家口工作的一些老战友，他们竟是有些"城市化"了。做财贸工作的老邓，原是我们在晋察冀工作时的一位诗人和歌手，他见到我，当天夜晚把我带到他的住处，烧了一池热水，叫我洗了一个澡，又送我一些钱，叫我明天到早市买件衬衣。当年同志们那种同甘共苦的热情，真是值得怀念。

　　第二天清晨，我按照老邓的嘱咐到了摊贩市场。那里热闹得很，我买了一件和我的棉衣很不相称的"绸料"衬衣，还买了一条日本的丝巾围在脖子上，另外又买了一顶口外的狸皮冬帽戴在头上。路经宣化，又从老王的床铺上扯了一条粗毛毯，一件日本军用黄呢斗篷，就回到冀中平原上来了。

　　这真是胜利归来，洋洋洒洒，连续步行十四日，到了家乡。

在家里住了四天，然后，在一个大雾弥漫的早晨，到蠡县县城去。

冬天，走在茫茫大雾里，像潜在又深又冷的浑水里一样。但等到太阳出来，就看见村庄、树木上，满是霜雪，那也真是一种奇景。那些年，我是多么喜欢走路行军！走在农村的、安静的、平坦的道路上，人的思想就会像清晨的阳光，猛然投射到披满银花的万物上，那样闪耀和清澈。

傍晚，我到了县城。县委机关设在城里原是一家钱庄的大宅院里，老梁住在东屋。

梁同志朴实而厚重。我们最初认识是一九三八年春季，我到这县组织人民武装自卫会，那时老梁在县里领导着一个剧社。但熟起来是在一九四两年，我从山地回到平原，帮忙编辑《冀中一日》的时候。

一九四三年，敌人在晋察冀持续了三个月的大"扫荡"。在繁峙境，我曾在战争空隙，翻越几个山头，去看望他一次。那时他正跟随西北战地服务团行军，有任务要到太原去。

我们分别很久了。当天晚上，他就给我安排好了下乡的地点，他叫我到一个村庄去。我在他那里，见到一个身材不高管理文件的女同志，老梁告诉我，她叫银花，就是那个村庄的人。她有一个妹妹叫锡花，在村里工作。

到了村里，我先到锡花家去。这是一家中农。锡花是一个非常热情、爽快、很懂事理的姑娘。她高高的个儿，颜面和头发上，都还带着明显的稚气，看来也不过十七八岁。中午，她给我预备了一顿非常可口的家乡饭：煮红薯、炒花生、玉茭饼子、杂面汤。

她没有母亲，父亲有四十来岁，服饰不像一个农民，很像一个从城市回家的商人，脸上带着酒气，不好说话，在人面前，好像做了什么错事似的。在县城，我听说他不务正业，当时我想，也许是中年鳏居的缘故吧。她的祖父却很活跃，不像一个七十来岁的老人，黑干而健康的脸上，笑容不断，给我的印象，很像是一个牲口经纪或赌场过来人。他好唱昆曲，在我们吃罢饭休息的时候，他拍着桌沿，给我唱了一段《藏舟》。这里的老一辈人，差不多都会唱几口昆曲。

我住在这一村庄的几个月里，锡花常到我住的地方看我，有时给我带些吃食去。她担任村里党支部的委员，有时也征求我一些对村里工作的意见。有时，我到她家去坐坐，见她总是那样勤快活泼。后来，我到了河间，还给她写过几回信，她每次回信，都谈到她的学习。我进了城市，音问就断绝了。

这几年，我有时会想起她来，曾向梁同志打听过她的消息。老梁说，在一九四八年农村整风的时候，好像她家有些问题，被当作"石头"搬了一下。农民称她家为"官铺"，并编有歌谣。锡花仓促之间，和一个极普通的农民结了婚，好像也很不如意。

详细情形，不得而知。乍听之下，为之默然。

我在那里居住的时候，接近的群众并不多，对于干部，也只是从表面获得印象，很少追问他们的底细。现在想起来，虽然当时已经从村里一些主要干部身上，感觉到一种专横独断的作风，也只认为是农村工作不易避免的缺点。在锡花身上，连这一点也没有感到。所以，我还是想：这些民愤，也许是她的家庭别的成员引起的，不一定是她的过错。至于结婚如意不如意，也恐怕只是局外人一时的看法。感情的变化，是复杂曲折的，当初不如意，今天也许如意。很多人当时如意，后来不是竟不如意了吗？但是，这一切都太主观，近于打板摇卦了。我在这个村庄，写了《钟》《"藏"》《碑》三篇小说。在《"藏"》里，女主人公借用了锡花这个名字。

我住在村北头姓郑的一家三合房大宅院里，这原是一家地主，房东是干部，不在家，房东太太也出去看望她的女儿了。陪我做伴的，是他家一个老佣人。这是一个在农村被认为缺个魂儿、少个心眼儿、其实是非常质朴的贫苦农民。他的一只眼睛不好，眼泪不停止地流下来，他不断用一块破布去擦抹。他是给房东看家的，因而也帮我做饭。没事的时候，也坐在椅子上陪我说说话儿。

有时，我在宽广的庭院里散步，老人静静地坐在台阶上；夜晚，我在屋里点一些秫秸取暖，他也蹲在一边取火抽烟。他的形象，在我心里，总是引起一种极其沉重的感觉。他孤身一人，年近衰老，尚无一瓦之栖、一垄之地。无论在生活和思想上，在他那里，还没有在其他农民身上早已看到的新的标志。一九四八年平分土地以后，不知他的生活变得怎样了，祝他晚境安适。

在我的对门，是妇救会主任家。我忘记她家姓什么，只记得主任叫志扬，这很像是一个男人的名字。丈夫在外面做生意，家里只有她和婆母。婆母外表黑胖，颇有心计，这是我一眼就看出来的。我初到郑家，因为村干部很是照顾，她以为来了什么重要的上级，亲自来看过我一次，显得很亲近，一定约我到她家去坐坐。第二天我去了，是在平常人家吃罢早饭的时候。她正在院里打扫，这个庭院显得整齐富裕，门窗油饰还很新鲜，她叫我到儿媳屋里去，儿媳也在屋里招呼了。我走进西间里，看见妇救会主任还没有起床，盖着耀眼的红绫大被，两只白皙丰满的膀子露在被头外面，就像陈列在红绒衬布上的象牙雕刻一般。我被封建意识所拘束，急忙却步转身。她的婆母却在外间哧哧笑了起来，这给我的印象颇为不佳，以后也就再没到她家去过。

有时在街上遇到她婆母，她对我好像也非常冷淡下来了。我想，主要因为，她看透我是一个穷光蛋，既不是骑马的干部，也不是骑车子的干部，而是一个穿着粗布棉衣，夹着小包东游西晃、溜溜达达的干部。进村以来，既没有主持会议，也没有登台讲演，这种干部，叫她看来，当然没有什么作为，也主不了村中的大计，得罪了也没关系，更何必巴结钻营？

后来听老梁说，这家人家在一九四八年冬季被斗争了。这一消息，没有引起我任何惊异之感，她们当时之所以工作，明显地带有投机性质。

在这村，我遇到了一位老战友，他的名字，我起先忘记了，我的爱人是"给事中"，她告诉我这个人叫松年。那时他只有二十五六岁，瘦小个儿，聪明外露，很会说话，我爱人只见过他一两次，竟能在十五六年以后，把他的名字冲口说出，足见他给人印象之深。

松年也是郑家支派。他十几岁就参加了抗日工作，原在冀中区的印刷厂，后调阜平《晋察冀日报》印刷厂工作。我俩工作经历相仿，过去虽未见面，但谈起来非常亲切。他已经脱离工作四五年了。他父亲多病，娶了一房年轻的继母，这位继母足智多谋，一定要儿子回家，这也许是为了儿子的安全着想，也许是为家庭的生产生活着想。最初，松年不答应，声言以抗日为重。继母遂即给他说好一门亲事，娶了过来，枕边私语，重于诏书。新媳妇的说服动员工作很见功效，松年在新婚之后，就没有回山地去，这在当时被叫作"脱鞋"——"妥协"或开小差。

时过境迁，松年和我谈起这些来，已经没有惭怍不安之情，同时，他也许有了什么人生观的依据和现实生活的体会吧，他对我的抗日战士的贫苦奔波的生活，竟时露嘲笑的神色。那时候，我既服装不整，夜晚睡在炕上，铺的盖的也只是破毡败絮（因为房东不在家，把被面都搁藏起来，只是炕上扔着一些破被套，我就利用它们取暖）。而我还要自己去要米，自己烧饭，在他看来，岂不近于游僧的化缘，饥民的就食！在这种情况下面，我的好言相劝，他自然就听不进去，每当谈到"归队"，他就借故推托，扬长而去。

有一天，他带我到他家里去。那也是一处地主规模的大宅院，但有些破落的景象。他把我带到他的洞房，我也看到了他那按年岁来说显得过于肥胖了一些的新妇。新妇看见我，从炕上溜下来出去了。因为曾经是老战友，我也不客气，就靠在那折叠得很整齐的新被垒上休息了一会儿。

房间裱糊得如同雪洞一般，阳光照在新糊的洒过桐油的窗纸上，明亮如同玻璃。一张张用红纸剪贴的各色花朵，都给人一种温柔之感。房间的陈设，没有一样不带新婚美满的气氛，更有一种脂粉的气味，在屋里弥漫……

柳宗元有言，流徙之人，不可在过于冷清之处久居，现在是，革命战士不可在温柔之乡久处。我忽然不安起来了。当然，这里没有冰天雪地，没有烈日当空，没有跋涉，没有饥饿，没有枪林弹雨，更没有入死出生。但是，它在消磨且已经消磨尽了一位青年人的斗志。我告辞出来，一个人又回到那冷屋子冷炕上去。

生活啊，你在朝着什么方向前进？你进行得坚定而又有充分的信心吗？

"有的。"好像有什么声音在回答我，我睡熟了。

在这个村庄里，我另外认识了一位文建会的负责人，他有些地方，很像我在《风云初记》里写到的变吉哥。

以上所记，都是十五六年前的旧事。一别此村，从未再去。有些老年人，恐怕已经安息在土壤里了吧，他们一生的得失，欢乐和痛苦，只能留在乡里的口碑上。一些青年人，恐怕早已生儿育女，生活大有变化，愿他们都很幸福。

1962 年 8 月 13 日夜记

烈士陵园

烈士们长眠在名山之下，

萧萧的白杨伸延在陵道两边，

大理石纪念塔高出云表，

一只苍鹰在塔的上空盘旋。

本来是要写一首诗，来献给陵园的。激动了的情感忍受不了韵脚的限制和束缚，还是改写散文吧。

这一带地方，确是形胜之地。山区的果树和平原的庄稼，今年都获丰收。陵园西边的山路上，正有大队的毛驴、驮骡，负载着新收的柿子、红果，到山脚下的收购站去。驴骡踏在石路上的杂乱的蹄声，以及赶牲口的人们的吆喝声，都给天高气爽季节的陵园，增加了充沛旺盛的生命力量。热情高涨的妇女运输队来来往往的歌声和欢笑，更带来丰收季节的鼓舞欢腾。我想，长眠在地下的烈士们有知，也会为这一带——他们生前艰苦缔造的地方——人民的斗志昂扬、生活幸福，感到安慰和高兴的。

这里的幸福生活，确是和烈士们分不开的，是有血肉的关联的。是他们生前所关心，也是死后所不能忘怀的。

这一地区之所以称为名胜，并不在于像县志或山志上所介绍的：山上有奇松，山中间有怪石，山下有泉水。因为据我所知，像阜平那一带的大黑山，虽然不以名胜著称，也有这样的石头，也有这样的泉水，我们的战士也曾经在那里往返周绕，爬上爬下，有八年之久。这里之所以称为名山，当然也不在于那些毁坏了的帝王宫殿，以及与之有关的舍利宝塔和僧尼庵寺。

是因为：这里有艰苦的回忆，有革命的传统，有当前奋发图强的生产热情。人民已经解除了帝国主义和封建主义所强加给他们的无穷灾难，人民的生活，已经富裕和幸福。今天的阜平，当然也是这样。

单从衣食住行上看，人民的生活已经和抗日期间有了很大的变化。在这里，再也看不见那时山区常见的：夏天在炎日下，上身赤露，下边还穿着破棉裤；冬季在寒风里，穿一件光板破羊皮袄的农民形象。现在农民的服装，即使走到大城市，也还是整齐漂亮的。大部分住宅，已经改建成新瓦房，地势背风而向阳。在吃的方面，也不会再有一大缸一大缸的烂酸菜或是树叶。在运输上，山下的公路已经修通，山上的公路也正在计划。一到天晚，家家户户，电灯明亮，收音机放送着幸福的、革命的歌声。

这一切都会传送到陵园里来。而陵园也正在把它的声音传送到各个地方去。陵园主任一年三百六十日，都在向前来瞻仰的战士、学生做报告，实际上是一种活的教育，生动的阶级教育。

一天清晨，我看见有一个团的战士在陵园前面集合。我们的战士，不只武器精良，而且军容齐整，雄姿英发。我们的战斗机，在陵园上空，轰轰飞过。这一切，烈士们是会看见、听到的。他们会想起他们作战时所用的简陋武器，所受的敌人飞机轰炸的欺侮，为祖国的强大感到安慰。

是的，经历越多，联想也就越丰富。我随同一队小学生在陵园的陈列室，瞻仰烈士们的遗容，一个小学生对他的老师提出了这样一个问题：

"他们为什么都这样年轻？"

从那些年轻、英俊、坚定的遗容上看，很多烈士和站在他们面前的小学生，好像就是并肩的兄弟和姐妹。在壮烈牺牲时，他们有的十七八岁，有的二十一二岁。现在这样年岁的青年，正在幸福地受到党和人民的关怀和教育。

从烈士们的传略上可以看到，即使他们这样年轻，他们生前已经是久经考验，识见远大，立场坚定，对革命忠心耿耿。

我不知道那位严肃的老师怎样解答。我从陵园走出来，这个问题一直在我的脑际回绕。

很多烈士在中学、师范甚至小学，就接受了党所传播的革命思想。然后，他们回到家乡，或是在穷乡僻壤的小学校里教书，他们又向贫苦的农民和他们的子弟传播了这种思想。这就是星火燎原。在旧社会，到处是饥寒贫困，到处是阶级压迫，因此也就到处是易燃的干柴燥草。革命之火，一触即发。随即卷起革命的风暴，这些烈士投身、领导在这风暴烈火之中。

他们有的爱好文学。而当时革命的报刊、书籍，传播得很少也很困难。他们看不到革命的戏剧电影，听不到革命的广播。但他们顽强地接受了党的教育，并奋不顾身地传播了党的思想。

这样看来，他们并不是生而知之，也不完全是时代使然，而是党深入教育的结果。他们革命的坚决意志，是值得我们学习和发扬的。

夜晚，我回到陵园的招待所，管理员对我说，白天来了两位烈属，从我的房间搬走了一床多余的铺盖。

烈属是母女两人，就住在我的隔壁，她们低声絮语，一夜好像没有睡觉。我想，她们来到这里，恐怕是不容易入睡的。第二天，她们很早起来，就动身回家了。

母亲在路上，还要讲述父亲或是兄长的故事给那年轻的女孩子听吧。

但愿这故事，能叫全体青年人都听到。

这里的风声泉水声，都在传送着烈士的遗言遗志！

这里的花树果树，都染有烈士们的无限的恩泽和革命的感情！

1965 年 9 月

母亲的记忆

　　母亲生了七个孩子，只养活了我一个。有一年，农村闹瘟疫，一个月里，她死了三个孩子。爷爷对母亲说：

　　"心里想不开，人就会疯了。你出去和人们斗斗纸牌吧！"

　　后来，母亲就养成了春冬两闲和妇女们斗牌的习惯；并且常对家里人说：

　　"这是你爷爷吩咐下来的，你们不要管我。"

　　麦秋两季，母亲为地里的庄稼，像疯了似的劳动。她每天一听见鸡叫就到地里去，帮着收割、打场。每天很晚才回到家里来。她的身上都是土，头发上是柴草。蓝布衣裤汗湿得泛起一层白碱，她总是撩起褂子的大襟，抹去脸上的汗水。她的口号是："争秋夺麦！""养兵千日，用兵一时！"一家人谁也别想偷懒。

　　我生下来，就没有奶吃。母亲把馍馍晾干了，再粉碎煮成糊喂我。我多病，每逢病了，夜间，母亲总是放一碗清水在窗台上，祷告过往的神灵。母亲对人说："我这个孩子，是不会孝顺的，因为他是我烧香还愿，从庙里求来的。"

家境小康以后，母亲对于村中的孤苦饥寒，尽力周济，对于过往的人，凡有求于她，无不热心相帮。有两个远村的尼姑，每年麦秋收成后，总到我们家化缘。母亲除给她们很多粮食外，还常留她们食宿。我记得有一个年轻的尼姑，长得眉清目秀。冬天住在我家，她怀揣一个蝈蝈葫芦，夜里叫得很好听，我很想要。第二天清早，母亲告诉她，小尼姑就把蝈蝈送给我了。

抗日战争时，村庄附近，敌人安上了炮楼。一年春天，我从远处回来，不敢到家里去，绕到村边的场院小屋里。母亲听说了，高兴得不知给孩子什么好。家里有一棵月季，父亲养了一春天，刚开了一朵大花，她折下就给我送去了。父亲很心痛，母亲笑着说："我说为什么这朵花，早也不开，晚也不开，今天忽然开了呢，因为我的儿子回来，它要先给我报个信儿！"

一九五六年，我在天津，得了大病，要到外地去疗养。那时母亲已经八十多岁，当我走出屋来，她站在廊子里，对我说：

"别人病了往家里走，你怎么病了往外走呢！"

这是我同母亲的永诀。我在外养病期间，母亲去世了，享年八十四岁。

1982 年 12 月

101

父亲的记忆

父亲十六岁到安国县（原先叫祁州）学徒，是招赘在本村的一位姓吴的山西人介绍去的。这家店铺的字号叫永吉昌，东家是安国县北段村张姓。

店铺在城里石牌坊南。门前有一棵空心的老槐树。前院是柜房，后院是作坊——榨油和轧棉花。

我从十二岁到安国上学，就常常吃住在这里。每天掌灯以后，父亲坐在柜房的太师椅上，看着学徒们打算盘。管账的先生念着账本，人们跟着打，十来个算盘同时响，那声音是很整齐很清脆的。打了一通，学徒们报了结数，先生把数字记下来，说："去了。"人们扫清算盘，又聚精会神地听着。

在这个时候，父亲总是坐在远离灯光的角落里，默默地抽着旱烟。

我后来听说，父亲也是先熬到先生这一席位，念了十几年账本，然后才当上了掌柜的。

夜晚，父亲睡在库房。那是放钱的地方，我很少进去，偶尔从撩起的门帘缝望进去，里面是很暗的。父亲就在这个地方，睡了二十几年，我是跟学徒们睡在一起的。

父亲是一九三七年，七七事变以后离开这家店铺的，那时兵荒马乱，东家也换了年青一代人，不愿再经营这种传统的老式的买卖，要改营百货。父亲守旧，意见不合，等于是被辞退了。

父亲在那里，整整工作了四十年。每年回一次家，过一个正月十五。先是步行，后来骑驴，再后来是由叔父用牛车接送。我小的时候，常同父亲坐这个牛车。父亲很礼貌，总是在出城以后才上车，路过每个村庄，总是先下来，和街上的人打招呼，人们都称他为孙掌柜。

父亲好写字。那时学生意，一是练字，一是练算盘。学徒三年，一般的字就写得很可以了。人家都说父亲的字写得好，连母亲也这样说。他到天津做买卖时，买了一些旧字帖和破对联，拿回家来叫我临摹。父亲也很爱字画，也有一些收藏，都是很平常的作品。

抗战胜利后，我回到家里，看到父亲的身体很衰弱。这些年闹日本，父亲带着一家人，东逃西奔，饭食也跟不上。父亲在店铺中吃惯了，在家过日子，舍不得吃些好的，进入老年，身体就不行了。见我回来了，父亲很高兴。有一天晚上，一家人坐在炕上闲话，我絮絮叨叨地说我在外面受了多少苦，担了多少惊。父亲忽然不高兴起来，说："在家里，也不容易！"回到自己屋里，妻抱怨说："你应该先说爹这些年不容易！"

那时农村实行合理负担，富裕人家要买公债，又遇上荒年，父亲不愿卖地，地是他的性命所在，不能从他手里卖去分毫。他先是动员家里人卖去首饰、衣服、家具，然后又步行到安国县老东家那里，求讨来一批钱，支持过去。他以为这样做很合理，对我详细地描述了他那时的心情和境遇，我只能默默地听着。

父亲是一九四七年五月去世的。春播时，他去旁楼，出了汗，回来就发烧，一病不起。立增叔到河间，把我叫回来。我到地委机关，请来一位医生，医术和药物都不好，没有什么效果。

父亲去世以后，我才感到有了家庭负担。我旧的观念很重，想给父亲立个碑，至少安个墓志。我和一位搞美术的同志，到店子头去看了一次石料，还求陈肇同志给撰写了一篇很简短的碑文。不久就土地改革了，一切无从谈起。

父亲对我很慈爱，从来没有打骂过我。到保定上学，是父亲送去的。他很希望我能成才，后来虽然有些失望，也只是存在心里，没有当面斥责过我。在我教书时，父亲对我说："你能每年交我一个长工钱，我就满足了。"我连这一点也没有做到。

父亲对给他介绍工作的姓吴的老头，一直很尊敬。那老头后来过得很不如人，每逢我们家做些像样的饭食，父亲总是把他请来，让在正座。老头总是一边吃，一边用山西口音说："我吃太多呀，我吃太多呀！"

1984 年 4 月 27 日

上午寒流到来，夜雨泥浆

——画的梦

在绘画一事上，我想，没有比我更笨拙的了。和纸墨打了一辈子交道，也常常在纸上涂抹，直到晚年，所画的小兔、老鼠等小动物，还是不成样子，更不用说人体了。这是我屡屡思考，不能得到解答的一个谜。

我从小就喜欢画。在农村，多么贫苦的人家，在屋里也总有一点点美术。人天生就是喜欢美的。你走遍多少人家，便可以欣赏到多少形式不同的、零零碎碎甚至残缺不全的画。那或者是窗户上的一片红纸花，或者是墙壁上的几张连续的故事画，或者是贴在柜上的香烟盒纸片，或者是人已经老了，在青年结婚时，亲朋们所送的麒麟送子"中堂"。

这里没有画廊，没有陈列馆，没有画展。要得到这种大规模的、能饱眼福的欣赏机会，就只有年集。年集就是新年之前的集市。赶年集和赶庙会，是童年时代最令人兴奋的事。在年集上，买完了鞭炮，就可以去看画了。那些小贩，把他们的画张挂在人家的闲院里，或是停放大车的门洞里。看画的人多，买画的人少，他并不见怪，小孩们他也不撵，很有点开展览会的风度。他同时卖神像，例如"天地""老爷""灶马"之类。神画销路最大，因为这是每家每户都要悬挂供奉的。

我在童年时，所见的画，还都是木版水印，有单张的，有四联的。稍大时，则有了石印画，多是戏剧，把梅兰芳印上去，还有娃娃京戏，精彩多了。等我离开家乡，到了城市，见到的多是所谓月份牌画，印刷技术就更先进了，都是时装大美人儿。

在年集上，一位年岁大的同学，曾经告诉我："你如果去捅一下卖画人的屁股，他就会给你拿出一种叫作'手卷'的秘画，也叫'山西灶马'，好看极了。"

我听来，他这些说法，有些不经，也就没有去尝试。

我没有机会欣赏更多的、更高级的美术作品，我所接触的，只能说是民间的、低级的。但是，千家万户的年画，给了我很多知识，使我知道了很多故事，特别是戏曲方面的故事。

后来，我学习文学，从书上，从杂志上，看到一些美术作品。就在我生活最不安定、最困难的时候，我的书箱里，我的案头，我的住室墙壁上，也总有一些画片。它们大多是我从杂志上裁下的。

对于我钦佩的人物，比如托尔斯泰、契诃夫、高尔基，比如鲁迅，比如丁玲同志，比如阮玲玉，我都保存了他们的很多照片或是画像。

进城以后，本来有机会去欣赏一些名画，甚至可以收集一些名人的画了。但是，因为我外行，有些吝啬，又怕和那些古董商人打交道，所以没有做到。有时花很少的钱，在早市买一两张并非名人的画，回家挂两天，厌烦了，就卖给收破烂的，于是这些画就又回到了早市去。

一九六一年，黄胄同志送给我一张画，我托人拿去裱好了，挂在房间里，上面是一个维吾尔少女牵着一匹毛驴，下面还有一头大些的驴，和一头驴驹。一九六两年，我又转请吴作人同志给我画了三头骆驼，一头是近景，两头是远景，题曰《大漠》，也托人裱好，珍藏起来。

一九六六年，运动一开始，黄胄同志就受到"批判"。因为他的作品，家喻户晓，所以他的"罪名"，也就妇孺皆知。家里人把画摘下来了。一天，我出去参加学习，机关的造反人员来抄家，一见黄胄的毛驴不在墙上了，就大怒，到处搜索。搜到一张画，展开不到半截，就摔在地下，喊："黑画有了！"其实，那不是毛驴，而是骆驼，真是驴唇不对马嘴。就这样把吴作人同志画的三头骆驼牵走了，三匹小毛驴仍留在家中。

运动渐渐平息了，我想念过去的一些友人。我写信给好多年不通音讯的彦涵同志，问候他的起居，并请他寄给我一张画。

老朋友富于感情，他很快就寄给我那幅有名的木刻《老羊倌》，并题字用章。

我求人为这幅木刻做了一个镜框，悬挂在我的住房的正墙当中。

不久，"四人帮"在北京举办了别有用心的"黑画展览"，这是他们继小靳庄之后发动的全国性展览。

机关的一些领导人，要去参观，也通知我去看看，说有车，当天可以回来。

我有十两年没有到北京去了，很长时间也看不到美术作品，就答应了。

在路上停车休息时，同去的我的组长，轻声对我说："听说彦涵的画展出的不少哩！"我没有答话。他这是知道我房间里挂有彦涵的木刻，对我提出的善意警告。

到了北京美术馆门前，真是和当年的小靳庄一样，车水马龙，人山人海。"四人帮"别无能为，但善于巧立名目，用"示众"的方式蛊惑人心。人们像一窝蜂一样往里面拥挤。这种场合，这种气氛，我都不能适应。我进去了五分钟，只是看了看彦涵同志那些作品，就声称头疼，钻到车里去休息了。

夜晚，我们从北京赶回来；车外一片黑暗。我默默地想：彦涵同志以其天赋之才，在政治上受压抑多年，这次是应国家需要，出来画些画。他这样努力、认真、精心地工作，是为了对人民有所贡献，有所表现。"四人帮"如此对待艺术家的良心，就是直接侮辱了人民之心。回到家来，我面对着那幅木刻，更觉得它可珍贵了。上面刻的是陕北一带的牧羊老人，他手里抱着一只羊羔，身边站立着一只老山羊。牧羊人的呼吸，与塞外高原的风云相通。

这幅木刻，一直悬挂着，并没有摘下。这也是接受了多年的经验教训：过去，我们太怯弱了，太驯服了，这样就助长了那些政治骗子的野心，他们以为人民都是阿斗，可以玩弄于他们的股掌之上。几乎把艺术整个毁灭，也几乎把我们全部葬送。

我是好做梦的，好梦很少，经常是噩梦。有一天夜晚，我梦见我把自己画的一幅画，交给中学时代的美术老师，老师称赞了我，并说要留作成绩，准备展览。

那是一幅很简单的水墨画：秋风败柳，寒蝉附枝。

我很高兴，叹道：我的美术，一直不及格，现在，我也有希望当个画家了。随后又有些害怕，就醒来了。

其实，按照弗洛伊德学说，这不过是一连串零碎意识、印象的偶然的组合，就像万花筒里出现的景象一样。

1979 年 5 月

记春节

　　如果说我也有欢乐的时候，那就是童年，而童年最欢乐的时候，则莫过于春节。

　　春节从贴对联开始。我家地处偏僻农村，贴对联的人家很少。父亲在安国县做生意，商家讲究对联，每逢年前写对联时，父亲就请写好字的同事，多写几副，捎回家中。

　　贴对联的任务，是由叔父和我完成。叔父不识字，一切杂活：打糨糊、扫门板、刷贴，都由他做。我只是看看父亲已经在背面注明的"上、下"两个字，告诉叔父，他按照经验，就知道分左右贴好，没有发生过错误。我记得每年都有的一副是：荆树有花兄弟乐，砚田无税子孙耕。这是父亲认为合乎我家情况的。

　　以后就是竖天灯。天灯，村里也很少人家有。据说，我家竖天灯，是为父亲许的愿。是一棵大杉木，上面有一个三角架，插着柏树枝，架上有一个小木轮，系着长绳。竖起以后，用绳子把一个纸灯笼拉上去。天灯就竖在北屋台阶旁，村外很远的地方，也可以望见。母亲说，这样行人就不迷路了。

再其次就是搭神棚。神棚搭在天灯旁边，是用一领荻箔。里面放一张六人桌，桌上摆着五供和香炉，供的是全神，即所谓天地三界万方真宰。神像中有一位千手千眼佛，幼年对她最感兴趣。人世间，三只眼、三只手，已属可怕而难斗。她竟有如此之多的手和眼，可以说是无所不见，无所不可捞取，能量之大，实在令人羡慕不已。我常常站在神棚前面，向她注视，这样的女神，太可怕了。

五更时，母亲先起来，把人们叫醒，都跪在神棚前面。院子里撒满芝麻秸，踩在上面，巴巴作响，是一种吉利。由叔父捧疏，疏是用黄表纸，叠成一个塔形，其中装着表文，从上端点着。母亲在一旁高声说："保佑全家平安。"然后又大声喊，"收一收！"这时那燃烧着的疏，就一收缩，噗的响一声。"再收一收！"疏可能就再响一声。响到三声，就大吉大利。这本是火和冷空气的自然作用，但当时感到庄严极了，神秘极了。

最后是叔父和我放鞭炮。我放的有小鞭、灯炮、墊子鼓。春节的欢乐，达到高潮。

这就是童年的春节欢乐。年岁越大，欢乐越少。二十五岁以后，是十四年抗日战争的春节，枪炮声代替了鞭炮声。再以后是三年解放战争、土地改革的春节。以后又有"文化大革命"

隔离的春节、放逐的春节、牛棚里的春节等等。

　　前几年，每逢春节，我还买一挂小鞭炮，叫孙儿或外孙儿，拿到院里放放，我在屋里听听。自迁入楼房，连这一点高兴，也没有了。每年春节，我不只感到饭菜、水果的味道不似童年，连鞭炮的声音也不像童年可爱了。

　　今年春节，三十晚上，我八点钟就躺下了。十二点前后，鞭炮声大作，醒了一阵。欢情已尽，生意全消，确实应该振作一下了。

1990 年 2 月 2 日上午

楼居随笔

——火炉

　　我有一个煤火炉，是进城那年买的，用到现在，已经三十多年了。它伴我度过了热情火炽的壮年，又伴我度过着衰年的严冬。它的容颜也有了很大的改变，它的身上长了一层红色的铁锈，每年安装时，我都要举止艰难地为它打扫一番。

　　我们可以说得上是经过考验的，没有发生过变化的。它伴我住过大屋子，也伴我迁往过小屋子，它放暖如故。大屋小暖，小屋大暖。小暖时，我靠它近些；大暖时，我离它远些。小屋时，来往的客人，少一些；大屋时，来往的客人，多一些。它都看到了。它放暖如故。

　　它看到，和我同住的人，有的死去了，有的离去了，有的买了新的火炉，另外安家立业去了。它放暖如故。

　　我坐在它的身边。每天早起，我把它点着；每天晚上，我把它封盖。我坐在它身边，吃饭，喝茶，吸烟，深思。

我好吃烤的东西，好吃有些煳味的东西。每天下午三点钟，我午睡起来，在它上面烤两片馒头，在炉前慢慢咀嚼着，自得其乐，感谢上天的赐予。

对于我，只要温饱就可以了，只要有一个避风雨的住处就满足了。我又有何求！

看来，我们的关系，是不容易断的，只要我每年冬季，能有三十元钱，买两千斤煤球，它就不会冷清，不会无用武之地，我也就会得到温暖的！

火炉，我的朋友，我的亲密无间的朋友。我幼年读过两句旧诗：炉存红似火，慰情聊胜无。何况你不只是存在，而且确实在熊熊地燃烧着啊。

1982 年 12 月 26 日上午

猫鼠的故事

目前，我屋里的耗子多极了。白天，我在桌前坐着看书或写字，它们就在桌下来回游动，好像并不怕人。有时，看样子我一跺脚就可以把它踩死，它却飞快跑走了。夜晚，我躺在床上，偶一开灯，就看见三五成群的耗子，在地板、墙根串游，有的甚至钻到我的火炉下面去取暖，我也无可奈何。

有朋友劝我养一只猫。我说，不顶事。

这个都市的猫是不拿耗子的。这里的人们养猫，是为了玩，并不是为了叫它捉耗子，所以耗子方得如此猖獗。这里养猫，就像养花种草、玩字画古董一样，把猫的本能给玩得无影无踪了。

我有一位邻居，也是老干部，他养着一只黄猫，据说品种、花色都很讲究。每日三餐，非鱼即肉，有时还喂牛奶。三日一梳毛，五日一沐浴。每天抱在怀里抚摩着，亲吻着。夜晚，猫的窝里，有铺的，有盖的，都是特制的小被褥。

116

这样养了十几年，猫也老了，偶尔下地走走，有些蹒跚迟钝。它从来不知耗子为何物，更不用说有捕捉之志了。

我还是选用了我们原始祖先发明的捕鼠工具：夹子。支得得法，每天可以打住一只或两只。

我把死鼠埋到花盆里去。朋友问我为什么不送给院里养猫的人家。我说，这里的猫，不只不捉耗子，而且不吃耗子。

这是不久以前的经验教训。我打住了一只耗子，好心好意送给邻居，说：

"叫你家的猫吃了吧。"

主人冷冷地说：

"那上面有跳蚤，我们的猫怕传染。如果是吃了耗子药，那就更麻烦。"

我只好提了回来，埋在地里。

又过了不久，终于出现了以下如果不是我亲眼所见，一定有人会认为是造谣的场面。

有一家，在阳台上盛杂物的筐里，发现了一窝耗子，一群孩子呼叫着："快去抱一只猫来，快去抱一只猫来！"

正赶上老干部抱着猫在阳台上散步，他忽然动了试一试的兴致，自告奋勇，把猫抱到了筐前，孩子们一齐呐喊：

"猫来了，猫来捉耗子了！"

老人把猫往筐里一放，猫跳出来。再放再跳，三放三跳，终于逃回家去了。

孩子们大失所望，一齐喊："废物猫，猫废物！"

老人的脸红了。他跑到家里，又把猫抱回来，硬把它按进筐里，不松手。谁知道，猫没有去咬耗子，耗子却不客气，把老干部的手指咬伤，鲜血淋淋，只好先到卫生所，去进行包扎。

群儿大笑不止。其实这无足奇怪，因为这只老猫，从来不认识耗子，它见了耗子实在有些害怕。

十年动乱期间，我曾回到老家，住在侄子家里。那一年收成不好，耗子却很多，侄子从别人家要来一只尚未断奶的小猫，又舍不得喂它，小猫枯瘦如柴，走路都不稳当。有一天，我看见它从立柜下面，连续拖出两只比它的身体还长一段的大耗子，找了个背静地方全吃了。这就叫充分发挥了猫的本能。

其实，这个大都市，猫是很多的。我住的是个大杂院，每天夜里，猫叫为灾。乡下的猫，是二八月到房顶上交配，这里的猫，不分季节，也不分场合，每天夜里，房上房下，窗前门后，互相追逐，互相呼叫，那声音悲惨凄厉，难听极了：有时像狼，有时像枭，有时像泼妇刁婆，有时像流氓混混儿。直至天明，还不停息。早起散步，还看见一院子是猫，发情求配不已。

这样多的猫在院里，那样多的耗子在屋里，这也算是一种矛盾现象吧？

城狐社鼠，自古并称。其实，狐之为害，远不及鼠。鼠形

118

体小，而繁殖众，又密迩人事，投之则忌器，药之恐误伤，遂使此蕞尔细物，子孙繁衍，为害无止境。幼年在农村，闻父老言，捕田鼠缝闭其肛门，纵人家鼠洞内，可尽除家鼠。但做此种手术，易被咬伤手指，终于未曾实验。

1983 年 4 月 5 日

报纸的故事

一九三五年的春季，我失业家居。在外面读书看报惯了，忽然想订一份报纸看看。这在当时确实近于一种幻想，因为我的村庄，非常小又非常偏僻，文化教育也很落后。例如村里虽然有一所小学校，但是历来就没有想到订一份报纸。村公所就更谈不上了。而且，我想要订的还不是一种小报，是想要订一份大报，当时有名的《大公报》。这种报纸，我们的县城，是否有人订阅，我不敢断言，但我敢说，我们这个区，即子文镇上是没人订阅过的。

我在北京住过，在保定学习过，都是看的《大公报》。现在我失业了，住在一个小村庄，我还想看这份报纸。我认为这是一份严肃的报纸，是一些有学问的、有事业心的、有责任感的人，编辑的报纸。至于当时也是北方出版的报纸，例如《益世报》《庸报》，都是不学无术的失意政客们办的，我是不屑一顾的。

我认为《大公报》上的文章好。它的社论是有名的，我在中学时，老师经常选来给我们当课文讲。通讯也好，有长江等人写的地方通讯，还有赵望云的风俗画。最吸引我的还是它的副刊，它有一个文艺副刊，是沈从文编辑的，经常登载青年作家的小说和散文。还有《小公园》，还有《艺术副刊》。

说实在的，我是想在失业之时，给《大公报》投投稿，而投了稿子去，又看不到报纸，这是使人苦恼的。因此，我异想天开地想订一份《大公报》。

我首先，把这个意图和我结婚不久的妻子说了说。以下是我们的对话实录：

"我想订份报纸。"

"订那个干什么？"

"我在家里闲着很闷，想看看报。"

"你去订吧。"

"我没有钱。"

"要多少钱？"

"订一个月，要三块钱。"

"啊！"

"你能不能借给我三块钱？"

"你花钱应该向咱爹去要，我哪里来的钱？"

谈话就这样中断了。这很难说是愉快，还是不愉快，但是我不能再往下说了。因为我的自尊心，确实受了一点损伤。

是啊，我失业在家里待着，这证明书就是已经白念了。白念了，就安心在家里种地过日子吧，还要订报。特别是最后这一句："我哪里来的钱？"这对于作为男子汉大丈夫的我，确实是千钧之重的责难之词！

其实，我知道她还是有些钱的，做个最保守的估计，她可能有十五元钱。当然她这十五元钱，也是来之不易的。是在我们结婚的大喜之日，她的"拜钱"。每个长辈，赏给她一元钱，或者几毛钱，她都要拜三拜，叩三叩。你计算一下，十五元钱，她一共要起来跪下、跪下起来多少次啊。

她把这些钱，包在一个红布小包里，放在立柜顶上的陪嫁大箱里，箱子落了锁。每年春节闲暇的时候，她就取出来，在手里数一数，然后再包好放进去。

在妻子面前碰了钉子，我只好硬着头皮去向父亲要，父亲沉吟了一下说：

"订一份《小实报》不行吗？"

我对书籍、报章，欣赏的起点很高，向来是取法乎上的。

《小实报》是北平出版的一种低级市民小报，属于我不屑一顾之类。我没有说话，就退出来了。

父亲还是爱子心切，晚上看见我，就说：

"愿意订就订一个月看看吧，集上多籴一斗麦子也就是了。长了可订不起。"

在镇上集日那天，父亲给了我三块钱，我转手交给邮政代办所，汇到天津去。同时还寄去两篇稿子。我原以为报纸也像取信一样，要走三里路来自取的，过了不久，居然有一个专人，骑着自行车来给我送报了，这三块钱花得真是气派。

他每隔三天，就骑着车子，从县城来到这个小村，然后又通过弯弯曲曲的、两旁都是黄土围墙的小胡同，送到我家那个堆满柴草农具的小院，把报纸交到我的手里。上下打量我两眼，就转身骑上车走了。

我坐在柴草上，读着报纸。先读社论，然后是通讯、地方版、国际版、副刊，甚至广告、行情，都一字不漏地读过以后，才珍重地把报纸叠好，放到屋里去。

我的妻子，好像是因为没有借给我钱，有些过意不去，对于报纸一事，从来也不闻不问。只有一次，带着略有嘲弄的神情，问道：

"有了吗？"

"有了什么？"

"你写的那个。"

"还没有。"我说。其实我知道，她从心里是断定不会有的。

直到一个月的报纸看完，我的稿子也没有登出来，证实了她的想法。

这一年夏天雨水大，我们住的屋子，结婚时裱糊过的顶棚、

123

壁纸，都脱落了。别人家，都是到集上去买旧报纸，重新糊一下。那时日本侵略中国，"无微不至"，他们的旧报，如《朝日新闻》《读卖新闻》，都倾销到这偏僻的乡村来了。妻子和我商议，我们是不是也把屋子糊一下，就用我那些报纸，她说：

"你已经看过好多遍了，老看还有什么意思？这样我们就可以省下数块来钱，你订报的钱，也算没有白花。"

我听她讲得很有道理，我们就开始裱糊房屋了，因为这是我们的幸福的窝巢呀。妻刷糨糊我糊墙。我把报纸按日期排列起来，把有社论和副刊的一面，糊在外面，把广告部分糊在顶棚上。

这样，在天气晴朗，或是下雨刮风不能出门的日子里，我就可以脱去鞋子，上到炕上，或仰或卧，或立或坐，重新阅读我所喜爱的文章了。

1982 年 2 月 9 日

牲口的故事

在我童年的记忆里，我们这个小小的村庄，饲养大牲口——骡马的人家很少。除去西头有一家地主，其实也是所谓经营地主，喂着一骡一马外，就只有北头的一家油坊，喂着四五头大牲口，挂着两辆长套大车，做运输油和原料的工具。他家的大车，总是在人们还没有起床的时候，就从村里摇旗呐喊地出发了，而直到天黑以后，才从远远的地方赶回来，人喊马嘶的声音，送到每家每户正在灯下吃晚饭的人们耳中，人们心里都要说一句：

"油坊的车回来了！"

当我在村中念小学的时候，有几年的时间，我们家也挂了一辆大车，买了一骡一马，农闲时，由叔父赶着去做运输。

这时我们家已经上升为中农。但不久父亲就叫把骡马卖了，因为兵荒马乱，这种牲口是最容易惹事的。从此，我们家总是养一头大黄牛，有时再喂一匹驴，这是为的接送在外面做生意

125

的父亲。

我小的时候，父亲或叔父，常常把我放在驴背的前面，一同乘骑。我记得有一匹大叫驴，夏天舅父牵着它过滹沱河，被船夫们哄骗，叫驴浮水，结果淹死了，一家人很难过了些日子。

后来，接送我父亲，就常常借用街上当牲口经纪的四海的小毛驴。他这头小毛驴，比大山羊高不了多少，但装饰得很漂亮，一串挂红缨的铜铃，鞍鞯齐备。那时，当牲口经纪的都养一匹这样的小毛驴。每逢集日，清早骑着上市，事情完后，酒足饭饱，已是黄昏，一个个偏骑在小驴背上，扬鞭赶路，那种目空一切的神气，就是凯旋的将军，也难以比得的。

后来我到了山地，才知道，这种小毛驴，虽然谈不上名贵，用途却是很多的。它们能驮山果、木材、柴草，能往山上送粪，能往山下运粮，能走亲访友，能迎婚送嫁。它们负着比它身体还重的货物，在上山时，步步留神；在下山时，兢兢业业，不声不响，直到完成任务为止。

抗日战争时期，在军旅运输上，小毛驴也帮了我们不少忙。那时的交通站上，除去小孩子，就是小毛驴用处最大，也最活跃。战争后期，我们从延安出发去华北，我当了很长时间的毛驴队长。骑毛驴的都是身体不好的女同志。一天夜晚，偷越同蒲路，因为一位女同志下驴到高粱地去小便，以致与前队失了联络，铁路没有过成，又退回来。第二天夜里再过，我宣布："凡

126

是女同志小便，不准远离队列，即在驴边解手。解毕，由牵驴人立即抱之上驴，在驴背上再系腰带。"由于我这一发明，此夜得以胜利通过敌人的封锁线，直到现在，想起来，还觉得有些得意。

平分土地的同时，地主家的骡马，富农家的大黄牛，被贫农团牵走，贫农一家喂不起，几家合喂，没人负责，牲口糟蹋了不少。成立了互助组，小毛驴、小牛时兴一阵。成立了合作社，骡马又有了用武之地。以后农村虽然有了铁牛，牲畜的用途还是很多，但喂养都不够细心，使用也不够爱惜。牲口饿跑了、被盗了的情况，时常发生。有一年我回到故乡，正值春耕之时，平原景色如故，遍地牛马，忽然见到一匹骆驼耕地。骆驼这东西，在我们这一带原很少见，是庙会上，手摇串铃的蒙古大夫牵着的玩意儿。以它形状新奇，很能招揽观众。现在突然出现在平原上，高峰长颈，昂视阔步，像一座游动的小山，显得很不协调。我问乡亲们是怎么回事，有人告诉我，不知从哪里跑来这么一匹饿坏了的骆驼，一直跑到大队的牲口棚，伸脖子就吃草，把棚子里的一匹大骡子吓惊了断缰窜出，直到现在还没找回来。一匹骡子换了一匹骆驼，真不上算。大队试试它能拉犁不，还行！

很有些年，小毛驴的命运，甚是不佳。据说，有人从山西来，骑着一匹小毛驴，到了平原，把缰绳一丢，就不再要它，随它去了。其不值钱，可想而知。

但从农村实行责任制以后，小毛驴的身价顿增，何止百倍？牛的命运也很好了。

呜呼，万物兴衰相承，显晦有时，乃不易之理，而其命运，又无不与政治、政策相关也。

1983 年 1 月 22 日

夜晚的故事

我幼年就知道，社会上除去士农工商、帝王将相以外，还有所谓盗贼。盗贼中的轻微者，谓之小偷。

我们的村庄很小，只有百来户人家。当然也有穷有富，每年冬季，村里总是雇一名打更的，由富户出一些粮食作为报酬。我记得根雨叔和西头红脸小记，专门承担这种任务。每逢夜深，更夫左手拿一个长柄的大木梆子，右手拿一根木棒，梆梆地敲着，在大街巡逻。平静的时候，他们的梆点，只是一下一下，像钟摆似的；如果他们发现什么可疑的情况，梆点就变得急促繁乱起来。

母亲一听到这种杂乱的梆点，就机警地坐起来，披上衣服，静静地听着。其实并没有发生什么事情，过了一会儿，梆点又规律了，母亲就又吹灯睡下了。

根雨叔打更，对我家尤其有个关照。我家住在很深的一条小胡同底上，他每次转到这一带，总是一直打到我家门前，如果有什么紧急情况，他还会用力敲打几下，叫母亲经心。

我在村里生活了那么多年，并没有发生过什么盗案、偷鸡摸狗的小事，地边道沿丢些庄稼，当然免不了。大的抢劫案件，整个县里我也只是听说发生过一次。县政府每年处决犯人，也只是很少的几个人。

这并不是说，那个时候，就是什么太平盛世。我只是觉得那时农村的民风淳朴，多数人有恒产恒心，男女老幼都知道人生的本分，知道犯法的可耻。

后来我读了一些小说，听了一些评书，看了一些戏，又知道盗贼之中也有所谓英雄，也重什么义气，有人并因此当了将帅，当了帝王。觉得其中也有很多可以同情的地方，有很多耸人听闻的罗曼史。

我一直是个穷书生，对财物看得也很重，一生之中，并没有失过几次盗。青年时在北平流浪，失业无聊，有一天在天桥游逛，停在一处放西洋景的摊子前面。那是夏天，我穿一件白褂，兜里有一个钱包。我正仰头看着，觉得有人触动了我一下，我一转脸，看见一个青年，正用手指轻轻夹我的钱包，知道我发现，他就若无其事地转身走了。当时感情旺盛，我还很为这个青年，为社会，为自身，感慨了一阵子。

直到现在，我对这个人印象很清楚，他高个儿，穿着破旧，满脸烟气，大概是个白面客。

另一次是在本县羽林村看大戏，也是夏天，皮包里有一块现洋叫人扒去了，没有发觉。

在解放区十几年，那里是没有盗贼的。初进城的几年，这个大城市，也可以说是路不拾遗的。

问题就出在"文化大革命"上。在动乱中，造反和偷盗分不清，革命和抢劫分不清。那些大的事件，姑且不论。单说我住的这个院子，原是吴鼎昌姨太太的别墅，日本人住过，国民党也住过，都没有多少破坏。房子很阔气，正门的门限上，镶着很厚很大的一块黄铜，足有二十斤重。动乱期间，附近南市的顽童进院造反，其著名的领袖，一个叫作三猪，一个叫作癞蛤蟆，癞蛤蟆喜欢铁器，三猪喜欢铜器。他把所有的铜门把、铜饰件，都拿走了，就是起不下这块铜门限来。他非常喜爱这块铜，因此他也就离不开这个院，这个院成了他的革命总部和根据地。他每天从早到晚坐在铜门限上，指挥他的群众。住户不能出门，只好请军管人员把他抱出去。三猪并不示弱，他听说解放军奉令骂不还口，打不还手，他就亲爹亲娘骂了起来。谁知这位农民出身的青年战士，受不了这种当众辱骂，不管什么最高指示，把三猪的头按在铜门限上，狠狠碰了几下，拖了出去。

城市里有些居民，也感染了三猪一类的习气，采取的手段比较和平，多是化公为私。比如说院墙，夜晚推倒一段，白天

131

把砖抱回家来，盖一间小屋。院里的走廊，先把它弄得动摇了，然后就拆下木料，去做一件自用家具。这当然是物质不灭。不过一旦成为私有的东西，就倍加爱惜，也就成为神圣之物，不可侵犯了。

后来我到了干校。先是种地，公家买了很多农具，锄头、铁锨、小推车，都是崭新的。后来又盖房，砖瓦、洋灰、木料，也是充足的。但过了不久，就被附近农村的人拿走了大半。农民有一条谚语，道："五七干校是个宝，我们缺什么就到里边找。"

这当然也可解释为：取之于民，用之于民。

现在，我们的院子，经过天灾人祸，已经是满目疮痍，不堪回首。大门又不严紧。人们还是争着在院里开一片荒地，种植葡萄或瓜果。秋季，当葡萄熟了，每天都有成群结伙的青少年在院里串游，垂涎架下，久久不肯离去。夜晚则借口捉蟋蟀，闯入院内，刀剪齐下，几分钟可以把一架葡萄弄得干干净净；手脚利索，架下连个落叶都没有。有一户种了一棵吊瓜，瓜色艳红，是我院秋色之冠，也被摘去了，为了携带方便，还顺手牵羊，拿走了另一户的一只新篮子。

我年老体弱，无力经营葡萄，也生不了这个气，就在自己窗下的尺寸之地，栽了一架瓜蒌。这是苦东西，没有病的人，是不吃的。另外养了几盆花，放置在窗台上，却接二连三被偷走了。

　　每天晚上，关灯睡下，半夜醒来，想到有一两名小偷就在窗前窥伺，虽然我是见过世面的人，也真的感到有些不安全了。

　　谚云：饥寒起盗心。国家施政，虽游民亦可得温饱，今之盗窃，实与饥寒无关也。或谓：偷花者出于爱美，尤为大谬不然矣！

1983 年 4 月 20 日改讫

吃菜根

人在幼年，吃惯了什么东西，到老年，还是喜欢吃。这也是一种习性。

我在幼年，是吃五谷杂粮长大的，是吃蔬菜和野菜长大的。如果说，到了现在，身居高楼，地处繁华，还不忘糠皮野菜，那有些近于矫揉造作；但有些故乡的食物，还是常常想念的，其中包括"甜疙瘩"。

甜疙瘩是油菜的根部，黄白色，比手指粗一些，肉质松软，切断，放在粥里煮，有甜味，也有一些苦味，北方农民喜食之。

蔓菁的根部，家乡也叫"甜疙瘩"。两种容易相混，其食用价值是一样的。

母亲很喜欢吃甜疙瘩，我自幼吃的机会就多了，实际上，农民是把它当作粮食看待，并非佐食材料。妻子也喜欢吃，我们到了天津，她还在菜市买过蔓菁疙瘩。

我不知道，当今的菜市，是否还有这种食物，但新的一代青年，以及他们的孩子，肯定不知其为何物，也不喜欢吃它的。所以我偶然得到一点，总是留着自己享用，绝不叫他们尝尝的。

古人常用嚼菜根，教育后代，以为菜根不只是根本，而且也是一种学问。甜味中略带一种清苦味，其妙无穷，可以著作一本《味根录》。其作用，有些近似忆苦思甜，但又不完全一样。

事实是：有的人后来做了大官，从前曾经吃过苦菜。但更多的人，吃了更多的苦菜，还是终身受苦。叫吃巧克力、奶粉长大的子弟"味根"，子弟也不一定能领悟其道；能领悟其道的，也不一定就能终身吃巧克力和奶粉。

我的家乡，有一种地方戏叫"老调"，也叫"丝弦"。其中有一出折子戏叫《教学》。演的是一个教私塾的老先生，天寒失业，沿街叫卖，不停地吆喝："教书！教书！"最后，抵挡不住饥肠辘辘，跑到野地里去偷挖人家的蔓菁。

这可能是得意的文人，写剧本奚落失意的文人。在作者看来，这真是斯文扫地了，必然是一种"失落"。因为在集市上，人们只听见过卖包子、卖馒头的吆喝声，从来没有听见过卖"教书"的吆喝声。

其实，这也是一种没有更新的观念，拿到商业机制中观察，就会成为宏观的走向。

今年冬季，饶阳李君，送了我一包油菜甜疙瘩，用山西卫君所赠棒子面煮之，真是余味无穷。这两种食品，用传统方法种植，都没有使用化肥，味道纯正，实是难得的。

1989 年 1 月 9 日试笔

小　贩

　　我在农村长大，没见过大杂院。后来在保定，到一个朋友家里，见到几户人家，同时在院子里生炉子做饭，乱哄哄的，才有了大杂院的印象。

　　我现在住的大杂院，有三十几户人家，一百多口人，其大其杂，和没有秩序，是可以想象的。每天还川流不息地有小贩进来，吆喝、转悠、窥探。不知别人怎样，我对这些人的印象，是不怎么好的。他们肆无忌惮，声音刺耳，心不在焉，走家串户，登堂入室。买破烂的还好，在院里高声喊叫几声，游行一周，看看没有什么可图，就出去了。卖鸡蛋、大米、香油的，则常常探头探脑地到门口来问。最使人感到不安的，是卖菜刀的。青年人，长头发，短打扮，破书包里装着几把，手里拿着一把，不声不响地走进屋来，把手里的菜刀，向你眼前一亮：

　　"大爷来把刀吧！"

真把人冷不防吓一跳。并且软硬兼施，使孤身的老年人，不知如何应付，觉得最好的办法，还是言无二价地买他一把。因为站在面前的，好像不是卖刀的杨志，倒是那个买刀的牛二。

虽然有人在大门上，用大字写上了"严禁小贩入内"，但在目前这个情况下，也只能是：有禁不止。

据说，这些小贩，在经济基础上，还有许多区分：有全民的，有集体的，有个体的。总之，不管属于哪一类，我一听到他们的吆喝声，就进户关门。我老了，不想买什么，也不想卖什么，需要的是安静和安全。

老年人习惯回忆，我现在常常想起，我幼年时在乡村，或青年时在城市，见到的那些小贩。

我们的村子是个小村，只有一百来户人家。一年之内，春夏秋冬，也总有一些小贩，进村来做买卖。早晨是卖青菜的，卖豆腐的，卖馒头的，晚上是卖擀杂面的，卖牛肉包子的。闲时是打铁的，补锅的，锔碗的，甩绸缎的。年节时是耍猴，唱什不闲、独角戏的。如果打板算卦也可以算在内，还能给村民带来音乐欣赏。我记得有一个胖胖的身穿长袍算卦的瞎子，一进村就把竹杖夹在腋下。吹起引人入胜的笛子来，他自己也处在一种忘我的情态里，即使没有人招揽他做生意，他也心满意足，毫无遗憾，一直吹到街的那头，消失到田野里去。

这些小贩进村来卖针线的，能和妇女打交道，卖玩具的，能和小孩打交道，都是规规矩矩，语言和气，不管生意多少，买卖不成人情在，和村民建立了深厚的感情。再进村，就成了熟人、朋友。如果有的年轻人调皮，年老的就告诫说，小本买卖，不容易，不要那样。

我在保定上中学时，学校门口附近有一个摊贩。他高个子，黑脸膛，沉静和气，从不大声说话，称呼我们为先生。在马路旁，搭了一间小棚，又用秫秸纸墙隔开，外面卖花生糖果、烧饼猪肉。纸墙上开一个小口，卖馄饨。当垆的是他的老婆，年纪不大，长得十分俊俏，从来不说话，也没有一点声响。只是听男人说一声，她就从小窗口，送出一碗馄饨来。我去得多了，和她丈夫很熟，可以赊账，也只是从小窗口偶尔看见过她的容颜。

学校限制学生吃零食，但他们的生意很好，我上学六年，他们一直在那里。听人说，他们是因为桃色事件，从山东老家逃到这里来的。夜晚，他们就睡在那间小小的棚子里，靠做这个小买卖，维持生活，享受幸福。

小棚子也经受风吹雨打，夜晚，他们做的是什么样的梦，我有时想写一篇小说。又觉得没有意思。写成了，还不是一篇新的文君当垆的故事？

不过，我确是常常想，他们为什么能那样和气生财，那样招人喜爱，那样看重自己的职业，也使得别人看重自己。他们不是本小利薄吗？不是早出晚归吗？劳累一年，才仅仅能养家糊口吗？

1985 年 8 月 31 日

鸡 叫

在这个大杂院里，总是有人养鸡。我可以设想：在我们进城以前，建筑这座宅院的主人吴鼎昌，不会想到养鸡；日本占领时期，驻在这里的特务机关，也不会想到养鸡。

其实，我们接收时，也没有想到养鸡。那时院里的亭台楼阁、山石花木，都保护得很好，每天清晨，传达室的老头，还认真地打扫。

养鸡，我记得是"大跃进"以后的事，那时机关已经不在这里办公，迁往新建的大楼，这里相应地改成了"十三级以上"的干部宿舍。这个特殊规定，只是维持了很短的时间，就被打破了，家数越住越多，人也越来越杂。

但开始养鸡的时候，人家还是不多的，确是一些"负责同志"。这些负责同志，都是来自农村，他们的家属，带来一套农村生活的习惯，养鸡当然是其中的一种。不过，当年养起鸡来，并非习惯使然，而是经济使然。"大跃进"，使一个鸡蛋涨价到一元人民币，人们都有些浮肿，需要营养，主妇们就想：养只母鸡，下个蛋吧！

我们家，那时也养鸡，没有喂的，冬天给它们剁白菜帮，春天就给它们煮蒜瓣——这是我那老伴的发明。

总之，养鸡在那一定的历史条件下，是权宜之计。不过终于流传下来了，欲禁不能。就像院里那些煤池子和各式各样的随便搭盖的小屋一样。

过去，每逢五一或是十一，就会有街道上的人，来禁止养鸡。有一次还很坚决，第一天来通知，有些人家还迟迟不动；第二天就带了刀来，当场宰掉，把死鸡扔在台阶上。这种果断的禁鸡方式，我也只见过这一回。

有鸡就有鸡叫。我现在老了，一个人睡在屋子里，又好失眠，夜里常常听到后边邻居家的鸡叫。人家的鸡养在什么地方，是什么毛色，我都没有留心过，但听这声音，是很熟悉的，很动人的。说白了，我很爱听鸡叫，尤其是夜间的鸡叫。我以为，在这昼夜喧嚣、人海如潮的大城市，能听到这种富有天籁情趣的声音，是难得的享受。

美中不足的是：这里的鸡叫，没有什么准头。这可能是灯光和噪声干扰了它。鸡是司晨的，晨鸡三唱。这三唱的顺序，应是下一点，下三点，下五点。鸡叫三遍，人们就该起床了。

我十二岁的时候，就在外地求学。每逢假期已满，学校开课之日，母亲总是听着窗外的鸡叫。鸡叫头遍，她就起来给我做饭，鸡叫二遍再把我叫醒。待我长大结婚以后，在外地教书做事，她就把这个差事，交给了我的妻子。一直到我长期离开家乡，参加革命。

乡谚云：不图利名，不打早起。我在农村听到的鸡叫，是伴着晨星，伴着寒露，伴着严霜的。伴着父母妻子对我的期望，伴着我自身青春的奋发。

现在听到的鸡叫，只是唤起我对童年的回忆，对逝去的时光和亲人的思念。

彩云流散了，留在记忆里的，仍是彩云。莺歌远去了，留在耳边的还是莺歌。

1987 年 4 月 5 日清明节

吃粥有感

　　我好喝棒子面粥，几乎长年不断，晚上多煮一些，第二天早晨，还可以吃一顿。秋后，如果再加些菜叶、红薯、胡萝卜什么的，就更好吃了。冬天坐在暖炕上，两手捧碗，缩脖而啜之，确实像郑板桥说的，是人生一大享受。

　　有人向我介绍，胡萝卜营养价值很高，它所含的维生素，较之名贵的人参，只差一种，而它却比人参多一种胡萝卜素。

　　我想，如果不是人们一向把它当成菜蔬食用，而是炮制成为药物，加以装潢，其功效一定可以与人参旗鼓相当。

　　是一九四两年的冬天吧，日寇又对晋察冀边区进行"扫荡"，我们照例是化整为零，和敌人周旋。我记得我和诗人曼晴是一个小组，一同活动。曼晴的诗朴素自然，我曾写短文介绍过了。他的为人，和他那诗一样，另外多一种对人诚实的热情。那时以热情著称的青年诗人很有几个，陈布洛是最突出的一个，很久见不到他的名字了。

我和曼晴都在边区文协工作，出来打游击，每人只发两枚手榴弹。我们的武器就是笔，和手榴弹一同挂在腰上的，还有一瓶蓝墨水。我们都负有给报社写战斗通讯的任务。我们也算老游击战士了，两个人合计了一下，先转到敌人的外围去吧。

天气已经很冷了。山路冻冰，很滑。树上压着厚霜，屋檐上挂着冰柱，山泉小溪都冻结了。好在我们已经发了棉衣，穿在身上了。

一路上，老乡也都转移了。第一夜，我们两人宿在一处背静山坳的羊圈里，背靠着破木栅板，并身坐在羊粪上，只能避避夜来寒风，实在睡不着觉的。后来，曼晴就用《羊圈》这个题目，写了一首诗。我知道，就当寒风刺骨、几乎是露宿的情况下，曼晴也没有停止他的诗的构思。

第二天晚上，我们游击到了一个高山坡上的小村庄，村里也没人，门子都开着。我们摸到一家炕上，虽说没有饭吃，却好好睡了一夜。

清早，我刚刚脱下用破军装改制成的裤衩，想捉捉里面的群虱，敌人的飞机就来了。小村庄下面是一条大山沟，河滩里横倒竖卧的都是大顽石，我们跑下山，隐蔽在大石下面。飞机沿着山沟上空，来回轰炸。欺侮我们没有高射武器，它飞得那样低，好像擦着小村庄的屋顶和树木。事后传说，敌人从飞机的窗口，抓走了坐在炕上的一个小女孩。我把这一情节，写进一篇题为《冬天，战斗的外围》的通讯，编辑刻舟求剑，给我改得啼笑皆非。

飞机走了以后，太阳已经很高。我在河滩上捉完裤衩里的虱子，肚子已经辘辘地叫了。

两个人勉强爬上山坡，发现了一小片胡萝卜地。因为战事，还没有收获。地已经冻了，我和曼晴用木棍掘取了几个胡萝卜，用手擦擦泥土，蹲在山坡上，大嚼起来。事隔四十年，香美甜脆，还好像遗留在唇齿之间。

今晚喝着胡萝卜棒子面粥，忽然想到此事。即兴写出，想寄给自从一九六六年以来，就没有见过面的曼晴。听说他这些年是很吃了一些苦头的。

1978 年 12 月 20 日夜

楼居随笔

观垂柳

农谚："七九、八九，隔河观柳。"身居大城市，年老不能远行，是享受不到这种情景了。但我住的楼后面，小马路两旁，栽种的却是垂柳。

这是去年春季，由农村来的民工经手栽的。他们比城里人用心、负责，隔几天就浇一次水。所以，虽说这一带土质不好，其他花卉，死了不少，但这些小柳树，经过一个冬季，经过儿童们的攀折、汽车的碰撞、骡马的啃噬，还算是成活了不少。两场春雨过后，都已经发芽，充满绿意了。

我自幼就喜欢小树。童年的春天，在野地玩，见到一棵小杏树、小桃树，甚至小槐树、小榆树，都要小心翼翼地移到自家的庭院去。但不记得有多少株成活、成材。

柳树是不用特意去寻觅的。我的家乡，多是沙土地，又好发水，柳树都是自己长出来的，只要不妨碍农活，人们就把它留了下来，它也很快就长得高大了。每个村子的周围，都有高大的柳树，这是平原的一大奇观。走在路上，四周观望，看不见村庄房舍，看到的，都是黑压压、雾沉沉的柳树。平原大地，就是柳树的天下。

柳树是一种梦幻的树。它的枝条叶子和飞絮，都是轻浮的、柔软的，缭绕、挑逗着人的情怀。

这种景象，在我的头脑中，就要像梦境一样消失了。楼下的小垂柳，只能引起我短暂的回忆。

1990 年 4 月 5 日晨

观藤萝

楼前的小庭院里，精心设计了一个走廊形的藤萝架。去年夏天，五六个民工，费了很多时日，才算架起来了。然后运来了树苗，在两旁各栽种一排。树苗很细，只有筷子那样粗，用塑料绳系在架上，及时浇灌，多数成活了。

冬天，民工不见了，藤萝苗又都散落到地上，任人践踏。幸好，前天来了一群园林处的妇女，带着一捆别的爬蔓的树苗，和藤萝埋在一起，也和藤萝一块儿又系到架上去了。

系上就走了，也没有浇水。

进城初期，很多讲究的庭院，都有藤萝架。我住过的大院里，就有两架，一架方形，一架圆形，都是钢筋水泥做的，和现在观看到的一样，藤身有碗口粗，每年春天，都开很多花，然后结很多果。因为大院，不久就变成了大杂院，没人管理，又没有规章制度，藤萝很快就被作践死了，架也被人拆去，地方也被当作别用。

当时建造、种植它的人，是几多经营，藤身长到碗口粗细，也确非一日之功。一旦根断花消，也确给人以沧海桑田之感。

一件东西的成长，是很不容易的，要用很多人工、财力。一件东西的破坏，只要一个不逞之徒的私心一动，就可完事了。他们对于"化公为私"，是处心积虑的，无所不为的，办法和手段，也是很多的。

近些年，有人轻易地破坏了很多已经长成的东西。现在又不得不种植新的、小的。我们失去的，是一颗道德之心。再培养这颗心，是更艰难的。

新种的藤萝，也不一定乐观。因为我看见：养苗的不管移栽，移栽的又不管死活，即使活了，又没有人认真地管理。公家之物，还是没有主儿的东西。

1990 年 4 月 5 日晨

149

听乡音

乡音，就是水土之音。

我自幼离乡背井，稍长奔走四方，后居大城市，与五方之人杂处，所以，对于谁是什么口音，从来不大注意。自己的口音，变了多少，也不知道。只是对于来自乡下，却强学城市口音的人，听来觉得不舒服而已。

这个城市的土著口音，说不上好听，但我也习惯了。只是当"文革"期间，我们迁移到另一个居民区时，老伴忽然对我说："为什么这里的人，说话这样难听？"

我想她是情绪不好，加上别人对她不客气所致，因此未置可否。

现在搬到新居，周围有很多老干部，散步时，常常听到乡音。但是大家相忘江湖，已经很久了，就很少上前招呼得热情了。

我每天晚上，八点钟就要上床，其实并睡不着，有时就把收音机放在床头。有一次调整收音机，河北电台，忽然传出说西河大鼓的声音，就听了一段，说的是《呼家将》。

我幼年时，曾在本村听过半部《呼延庆打擂》，没有打擂，说书的就回家过年去了。现在说的是打擂以后的事，最热闹的场面，是命定听不到了。西河大鼓，是我们那里流行的一种说书，它那鼓、板、三弦的配合音响，一听就使人入迷，这也算是一种乡音。说书的是一位女艺人。

最难得的，是书说完了，有一段广告，由一位女同志广播。她的声音，突然唤醒我对家乡的迷恋和热爱。虽然她的口音，已经标准化，广告词也每天相同，但她的广告，还是成为我一个冬季的保留欣赏节目，每晚必听，一直到《呼家将》全书完毕。

这证明，我还是依恋故土的，思念家乡的，渴望听到乡音的。

1990 年 4 月 5 日下午

听风声

楼居怕风，这在过去，是没有体会的。过去住老旧的平房，是怕下雨。一下雨，就担心漏房。雨还是每年下，房还是每年漏。就那么夜不安眠地，过了好些年。

现在住的是新楼，而且是墙壁甫干、街道未平，就搬进来住了。又住中层，确是不会有漏房之忧了，高枕安眠吧。谁知又不然，夜里听到了极可怕的风声。

春季，尤其厉害。我们的楼房，处在五条小马路的交叉点，

151

风无论往哪个方向来，它总要迎战两个或三个风口的风力。加上楼房又高，距离又近，类似高山峡谷，大大增加了风的威力。其吼鸣之声，如惊涛骇浪，实在可怕，尤其是在夜晚。

可怕，不出去也就是了，闭上眼睡觉吧！问题在于，如果有哪一个门窗，没有上好，就有被刮开的危险。而一处洞开，则全部窗门乱动，披衣去关，已经来不及，摔碎玻璃事小，极容易伤风感冒。

所以，每逢入睡之前，我必须检查全部门窗。

我老了，听着这种风声，是难以入睡的。

其实，这种风，如果放到平原大地上去，也不过是春风吹拂而已。我幼年时，并不怕风，春天在野地里砍草，遇到顶天立地的大旋风过来，我敢迎着上，钻了进去。

后来，我就越来越怕风了。这不是指风的实质，而是指风的象征。

在风雨飘摇中，我度过了半个世纪。风吹草动，草木皆兵。这种体验，不只在抗日，防御残暴的敌人时有，在"文革"，担心小人的暗算时也有。

我很少有安眠的夜晚，幸福的夜晚。

1990 年 4 月 7 日晨

我的童年

一九一三年（旧历癸丑），阴历四月初六日，我生于河北省安平县东辽城村。村一百余户，东至县城十八里，西南至子文镇三里。子文有集，三月、十月有药王庙会。

我上有兄姊五人，都殇。听母亲说，当时家境很不好，产后，外祖母拆破鸡笼，为她煮饭。我生时，家已稍裕。父亲幼年，由一个招赘在本村的山西人，介绍到安国县一家油粮店学徒，此店兼营钱业。父亲后来吃上劳力股份，买了一些田。又买了牲口车辆，叫叔父和二舅父拉脚。

生我后，母亲无奶。母亲说，被一怀孕堂婶沾了去。喂我些糊，即把馒头弄碎，然后再煮成粥状。因此，我幼年体弱，且有惊风疾。母亲为我终年烧香还愿，并时常请一邻居老奶奶，为我按摩腹部以助消化。惊风病至十来岁，由叔父骑驴带到伍仁桥，请人针刺手腕（清明日，连三年），乃愈。

一九一九年，七岁（虚岁，下同），入本村小学。时已非私

153

塾，系洋学堂，不念四书，读课本。功课以习字、作文为重。父亲请人为祖父撰写碑文，交老师教我背诵。教师多为简易师范毕业，系附近村庄人，假日可回家务农。无正式校舍，借人家闲院闲房，稍事修整为课堂，复式教学。大学生为老师买菜做饭，以为荣耀。我家每年请先生两次酒饭，席间，叔父嘱以不要打，因我有病。冬季上夜校，提小玻璃煤油灯，放学路上甚乐。

一九二四年，十二岁，随父亲至安国县，考入高级小学。按照我的家庭情况，上完初级小学，本应务农，或到外处学习商业。但父亲听信安国县邮政局长之言，发愿叫我升学，习英语，以便考入邮政，说这是铁饭碗。高级小学在县城内东北角，原文庙内。设备完好，图书亦多。在此，课外阅读了文学研究会的一些小说，商务印书馆出版的杂志和儿童读物。

安国县原名祁州，为药材聚散之地，传说，各路药材，不到祁州即不灵。每年春冬庙会（药王庙），商贾云集，有川广云贵各帮。药商为了广招徕，演大戏，施舍重金，修饰药王庙，殿宇深邃，庙前有一对铁狮子，竖有两根高大铁旗杆，数十里外就可以看到。

南关商业繁盛，多药材庄和作坊，各地药商，都有常驻这里的人员店铺。

不久母亲和表姐亦来此，我们寄居在父亲一个朋友的闲院里，地处西门里。一直到我读完高小。

在安国时，父亲并为我请一课外教师，系一潦倒秀才，专教古文，记得他曾在集市上代我买《诗韵合璧》一部，我未能攻习。

一九二六年，十四岁，考入保定育德中学。保定距安国一百二十里，乘骡车。父亲送考，考第二师范，未被录取，不得已改考中学，中学费大。

一九二七年，十五岁，休学一年，实系年幼想家，不愿远出。这一年大革命北伐，影响保定，学校有学潮，我均未见，是大损失。父亲寄《三民主义》一本至家，是咸与维新之意。是年订婚，同县黄城王姓。

一九二八年，十六岁，暑假后复学。大饭厅也是大会堂，写上了总理遗嘱、建国方略。每星期一做纪念周，校长在台上带领静默，总不到规定时间，即宣告默毕。不然，学生们即忍不住要笑。作文课，得老师称许，并屡次在校刊发表，多为小说。记得有一篇写一家盲人，一篇写一女演员。

初中四年期间，除一般课程外，在图书馆借读文学作品。图书馆主任，先为安志诚先生，后为王斐然先生，对我均有鼓励帮助。一九二九年，十七岁，结婚。一九三一年，十九岁，初中毕业，九一八事变。

1980 年 4 月

载天津新蕾出版社《作家的童年》丛书（1981 年）

书的梦

　　到市场买东西，也不容易。一要身强体壮，二要心胸宽阔。出于种种原因，我足不入市，已经有很多年了。这当然是因为有人帮忙，去购置那些生活用品。夜晚多梦，在梦里却常常进入市场。在喧嚣拥挤的人群中，我无视一切，直奔那卖书的地方。

　　远远望去，破旧的书床上好像放着几种旧杂志或旧字帖。顾客稀少，主人态度也很和蔼。但到那里定睛一看，却往往令人失望，毫无所得。

　　按照弗洛伊德的学说，这种梦境，实际上是幼年或青年时代，残存在大脑皮质上的一种印象的再现。

　　是的，我梦到的常常是农村的集市景象：在小镇的长街上，有很多卖农具的，卖吃食的，其中偶尔有卖旧书的摊贩。或者，在杂乱放在地下的旧货中间，有几本旧书，它们对我最富有诱惑的力量。

这是因为，在童年时代，常常在集市或庙会上，去光顾那些出售小书的摊贩。他们出卖各种石印的小说、唱本。有时，在戏台附近，还会遇到陈列在地下的，可以白白拿走的，宣传耶稣教义的各种圣徒的小传。

在保定上学的时候，天华市场有两家小书铺，出卖一些新书。在大街上，有一种当时叫作"一折八扣"的廉价书，那是新旧内容的书都有的，印刷当然很劣。

有一回，在紫河套的地摊上，买到一部姚鼐编的《古文辞类纂》，是商务印书馆的铅印大字本，花了一元大洋，这在我是破天荒的慷慨之举。又买了二尺花布，拿到一家裱画铺去做了一个书套。但保定大街上，就有商务印书馆的分馆，到里面买一部这种新书，所费也不过如此，才知道上了当。

后来又在紫河套买了一本大字的夏曾佑撰写的《中国历史教科书》(就是后来的《中国古代史》)，也是商务排印的大字本，共两册。

最后一次逛紫河套，是一九五两年。我路过保定，远千里同志陪我到"马号"吃了一顿童年时爱吃的小馆，又看了"列国"古迹，然后到紫河套。在一家收旧纸的店铺里，远千里买了一部石印的《李太白集》。这部书，在远千里去世后，我在他的夫人于雁军同志那里还看见过。

中学毕业以后，我在北平流浪着。后来，在北平市政府当

157

了一名书记。这个书记，是当时公务人员中最低的职位，专事抄写，是一种雇员，随时可以解职的，每月有二十元薪金。在那里，我第一次见到了旧官场、旧衙门的景象。那地方倒很好，后门正好对着北平图书馆。我正在青年，富于幻想，很不习惯这种职业。我常常到图书馆去看书。到北新桥、西单商场、西四牌楼、宣武门外去逛旧书摊。那时买书，是节衣缩食，所购完全是革命的书。我记得买过六期《文学月报》、五期《北斗》杂志，还有其他一些革命文艺期刊，如《奔流》《萌芽》《拓荒者》《世界文化》等。有时就带上这些刊物去"上衙门"。我住在石驸马大街附近，东太平街天仙庵公寓，那里的一位老工友，见我出门，就如此恭维。好在科里都是一些混饭吃、不读书的人，也没人过问。

我们办公的地方，是在一个小偏院的西房。这个屋子里最高的职位，是一名办事员，姓贺。他的办公桌摆在靠窗的地方，而且也只有他的桌子上有块玻璃板。他的对面也是一位办事员，姓李，好像和市长有些瓜葛，人比较文雅，家就住在府右街，他结婚的时候，我随礼去过。

我的办公桌放在西墙的角落里，其实那只是一张破旧的板桌，根本不是办公用的，桌子上也没有任何文具，只堆放着一些杂物。桌子两旁，放了两条破板凳，我对面坐着一位姓方的青年，是破落户子弟。他写得一手好字，只是染上了严重的嗜好：整天坐在那里打盹，睡醒了就和我开句玩笑。

那位贺办事员，好像是南方人，一上班，嘴里的话是不断的，他装出领袖群伦的模样，对谁也不冷淡。他见我好看小说，就说他认识张恨水的内弟。

很久我没有事干，也没人分配给我工作。同屋有位姓石的山东人，为人诚实，他告诉我，这种情况并不好，等科长来考勤，对我很不利。他比较老于官场，他说，这是因为朝中无人的缘故。我那时不知此中的利害，还是把书本摆在那里看。

我们这个科是管市民建筑的。市民要修房建房，必须请这里的技术员，去丈量地基，绘制蓝图，看有没有侵占房基线。然后在窗口那里领照。

我们科的一位股长，是一个胖子，穿着蓝绸长衫，和下僚谈话的时候，老是把一只手托在长衫的前襟下面，做撩袍端带的姿态。他当然不会和我说话的。

有一次，我写了一个请假条寄给他。我虽然看过《酬世大观》，在中学也读过陈子展的《应用文》，高中时的国文老师，还常常把他替要人们拟的公文，发给我们当作教材。但我终于在应用时把"等因奉此"的程式用错了。听姓石的说，股长曾拿到我们屋里，朗诵取笑。股长有一个干儿，并不在我们屋里上班，却常常到我们屋里瞎串。这是一个典型的京华恶少、政界小人。他也好把一只手托在长衫下面，不过他的长衫，不是绸的，而是蓝布，并且旧了。有一天，他又拿那件事开我的玩笑，激怒了我，我当场把他痛骂一顿，他就满脸赔笑地走了。

当时我血气方刚，正是一语不合拔剑而起的时候，更何况初入社会，就到了这样一处地方，满腹怨气，无处发作，就对他来了。

我是由志成中学的体育教师介绍到那里工作的。他是当时北方的体育明星，娶了一位宦门小姐。他的外兄是工务局的局长。所以说，我官职虽小，来头还算可以。不到一年，这位局长下台，再加上其他原因，我也就"另候任用"了。

我被免职以后，同事们照例是在东来顺吃一次火锅，然后到娱乐场所玩玩。和我一同免职的，还有一位家在北平附近的人，脸上有些麻子，忘记了他的姓。他是做外勤的，他的为人和他的破旧自行车上的装备，给人一种商人小贩的印象，失业对他是沉重的打击。走在街上，他悄悄地对我说：

"孙兄，你是公子哥儿吧，怎么你一点也不在乎呀！"

我没有回答。我想说：我的精神支柱是书本，他当然是不能领会的。其实，精神支柱也不可靠，我之所以不在意，是因为这个职位，实在不值得留恋。另外，我只身一人，这里没有家口，实在不行，我还可以回老家喝粥去。

和同事们告别以后，我又一个人去逛西单商场的书摊。渴望已久的，鲁迅先生翻译的《死魂灵》一书，已经陈列在那里了。

用同事们带来的最后一次薪金，购置了这本名著，高高兴兴回到公寓去了。

第二天清晨，夹着这本书，出西直门，路经海淀，到离北平有五六十里路的黑龙潭，去看望在那里山村小学教书的一个朋友。他是我的同乡，又是中学同学。这人为人热情，对于比他年纪小的同乡同学，情谊很深。到他那里，正是深秋时节，黄叶飘落，潭水清冷，我不断想起曹雪芹在这一带著书的情景。住了两天，我又回到了北平。

我在朝阳大学同学处住几天，又到中国大学同学处住几天。后来，感到肚子有些饿，就写了一首诗，投寄《大公报》的《小公园》副刊。内容是：我要离开这个大城市，回到农村去了，因为我看到：在这里，是一部分人正在输血给另一部分人！

诗被采用，给了五角钱。

整理了一下，在北平一年所得的新书旧书，不过一柳条箱，就回到农村，去教小学了。

我的书籍，一损失于抗日战争之时，已在别一篇文章中略记；一损失于土地改革之时。

我的家庭成分是富农。按照当时党的政策，凡是有人在外参加革命，在政治上稍有照顾。关于书，是属于经济，还是属于政治，这是不好分的。贫农团以为书是钱买来的，这当然也是属于财产，他们就先后拿去了。其实也不看。当时，我们那

161

里的农民，已普遍从八路军那里学会裁纸卷烟。在乡下，纸张较之布片还难得，他们是拿去卷烟了。

这时，我在饶阳县一个小区参加土改工作。大概是冀中区党委所在之地吧，发了一个通知，要各村贫农团，把斗争果实中的书籍，全部上缴小区，由专人负责清查保存。大概因为我是知识分子吧，我们的小区区长，把这个责任交给了我。

书籍也并不太多，堆在一间屋子的地上，而且多是一些古旧破书，可以用来卷烟的已经不多。我因家庭成分不好，又由于"客里空"问题，正在《冀中导报》受到公开批判，谨小慎微，对这些书籍，丝毫不敢染指，全部上缴县委了。

我的受批判，是因为那一篇《新安游记》。是个黄昏，我从端村到新安城墙附近绕了绕，那里地势很洼，有些雾气，我把大街的方向弄错了。回去仓促写了一篇抗日英雄故事，在《冀中导报》发表了。土改时被作为"客里空"典型。

在家乡工作期间，已经没有购买书籍的机会，携带也不方便。如果能遇到书本的话，只是用打游击的方式，走到哪里，就看到哪里。

但也有时得到书。我在蠡县工作时，有一次在县城大集上，从一个地摊上，买到一本商务印书馆出版的、铅印精装的《西厢记》。我带着看了一程子，后来送给蠡县一位书记了。

《冀中导报》在饶阳大张岗设立了一处造纸厂。他们收买一些旧书，用牲口拉的大碾，轧成纸浆。有一间棚子，堆放着旧书。我那时常到这家纸厂吃住。从棚子里，我捡到一本石印的《王圣教》和一本石印的《书谱》。

在河间工作的时候，每逢集日，在一处小树林里，有推着小车贩卖烂纸书本的。有一次，我从车上买到一部初版的《孽海花》，一直保存着，进城后，送给一位新婚宴尔、出国当参赞的同志了。

1979 年 4 月

青春余梦

　　我住的大杂院里，有一棵大杨树，树龄至少有七十年了。它有两围粗，枝叶茂密。经过动乱、地震，院里的花草树木，都破坏了，唯独它仍然矗立着。这样高大的树木，在这个繁华的大城市，确实少见了。

　　我幼年时，我们家的北边，也有一棵这样大的杨树。我的童年，有很多时光是在它的下面、它的周围度过的。我不只在秋风起后，在那里捡过杨叶，用长长的柳枝穿起来，像一条条的大蜈蚣；在春天度荒年的时候，我还吃过杨树飘落的花，那可以说是最苦最难以下咽的野菜了。

　　现在我已经老了，蛰居在这个大院里，不能再向远的地方走去，高的地方飞去。每年冬季，我要生火炉，劈柴是宝贵的，这棵大杨树帮了我不少忙。霜冻以后，它要脱落很多干枝，这种干枝，稍稍晒干，就可以生火，很有油性，很容易点着。每听到风声，我就到它下面去捡拾这种干枝，堆在门外，然后把它们折断晒干。

在这些干枝的表皮上，还留有绿的颜色，在表皮下面，还有水分。我想：它也是有过青春的呀！正像我也有过青春一样。然而它现在干枯了，脱落了，它不是还可以帮助别人生起火炉取暖吗？

是为序。

我的青春的最早阶段，是在保定育德中学度过的。保定是一座古老的城市，荒凉的城市，但也是很便于读书的城市。在这个城市，我待了六年时间。在课堂上，我念英语，演算术。在课外，我在学校的图书馆，领了一个小木牌，把要借的书名写在上面，交给在小窗口等待的管理员，就可以拿到要看的书。图书管理员都是博学之士。星期天，我到天华市场去看书，那里有一家卖文具的小铺子，代卖各种新书。我可以站在那里翻看整整半天，主人不会干涉我。我在他那里看过很多种新书，只买过一本。这本书，我现在还保存着。我不大到商务印书馆去，它的门半掩着，柜台很高，望不见它摆的书籍。

读书的兴趣是多变的，忽然想看古书了，又忽然想看外国文学了，又忽然想研究社会科学了，这都没有关系。尽量去看吧，每一种学科，都多读几本吧。

后来，我又流浪到北平去了。除了买书看书，我还好看电影，好听京戏，迷恋着一些电影明星，一些科班名角。我住在东单牌楼，晚上，一个人走着到西单牌楼去看电影，到鲜鱼口去听京戏。那时长安大街多么荒凉、多么安静啊！一路上，很少遇到行人。

各种艺术都要去接触。饥饿了，就掏出剩下的几个铜板，坐在露天的小饭摊上，吃碗适口的杂菜烩饼吧。

有一阵子，我还好歌曲，因为民族的苦难太深重了，我们要呼喊。

无论保定和北平，都曾使我失望过、痛苦过，但也都给过我安慰和鼓舞，留下的印象是深刻的。我在那里得到过朋友们的帮助，也爱过人，同情过人。写过诗，写过小说，都没有成功。我又回到农村来了，又听到杨树叶子，哗哗地响着。

后来，我参加了抗日战争，关于这，我写得已经很多了。战争，充实了我的青春，也结束了我的青春。

我的青春，价值如何？是欢乐多，还是痛苦多？是安逸享受多，还是颠沛流离多？是虚度，还是有所作为？都不必去总结了。时代有总的结论，总的评价。个人是一滴水，如果滴落在江河，流向大海，大海是不会涸竭的。正像杨树虽有脱落的枝叶，但它的本身是长存的。我祝愿它长存！

是为本文。

1982 年 12 月 6 日清晨

同口旧事

——《琴和箫》代序

一

我是一九三六年暑假后，到同口小学教书的。去以前，我在老家失业闲住。有一天，县邮政局，送来一封挂号信，是中学同学黄振宗和侯士珍写的。信中说：已经给我找到一个教书的位子，开学在即，希望克日赴保定。并说上次来信，寄我父亲店铺，因地址不确被退回，现从同学录查到我的籍贯。

我于见信之次日，先到安国，告知父亲，又次日雇骡车赴保定，住在南关一小店内。当晚见到黄、侯二同学。黄即拉我到娱乐场所一游，要我请客。

在保定住了两日，即同侯和他的妻子，还有新聘请的两位女教员，雇了一辆大车到同口。侯的职务是这个小学的教务主任，他的妻子和那两位女性，在同村女子小学教书。

二

黄振宗是我初中时同班，保定旧家子弟，长得白皙漂亮，人亦聪明。在学校时，常演话剧，饰女角，文章写得也不错，有时在校刊发表，并能演说。有一次，张继到我校讲演，讲毕，黄即上台，大加驳斥，声色俱厉。他那时，好像已经参加共产党。有一天晚上，他约我到操场散步，谈了很久，意思是要我也参加。我那时觉悟不高，一心要读书，又记着父亲嘱咐的话：不要参加任何党派，所以没有答应，他也没有表示什么不满。又对我说，读书要读名著，不要只读杂志报章，书本上的知识是完整的、系统的，而报章杂志上的文章，是零碎的、纷杂的。他的这一劝告，我一直记在心中，受到益处。

当时我正埋头在报纸文学副刊和社会科学的杂志里。有一种叫《读书杂志》，每期都很厚，占去不少时间。

他毕业后，考入北平中国大学，住在西安门外一家公寓里面，我在东城象鼻子中坑小学当事务员，时常见面。他那时好喝酒，讲名士风流，有时喝醉了，居然躺在大街上，我们只好把他拉起来。大学没有毕业，他回到保定培德中学教国文，风流如故，除经常去妓院，还交接着天华商场说大鼓书的一位女艺人。

一九三九年，我在晋察冀通讯社工作。冬季，李公朴到边区参观，黄是他的秘书，骑着瞎了一只眼的日本大洋马，走在李公朴的前面。在通讯社，我和他见了面。那时不知李公朴来意，机关颇有戒心，他也没有和我多谈。我见他口袋里插的钢笔不错，很想要了他的，以为他回到大后方，钢笔有的是。他却不肯给。下午，我到他的住地看望他，他却自动把钢笔给了我。以后就没有见过面。

解放以后，我只是在一个京剧的演出广告上，见到他的笔名，好像是编剧。不知为什么，我现在总感觉他已经不在人世了。他体质不好，又很放纵，交游也杂乱。至于他当初不肯给我钢笔，那不能算吝啬，正如太平年月，千金之子，肥马轻裘之赠，不能算作慷慨一样。那时物质条件困难，为一支蘸水钢笔尖，或一个不漏水的空墨水瓶，也发生过争吵、争夺。

三

侯士珍，定县人，育德中学师范专修班毕业。在校时，任平民学校校长，与一女生恋爱结婚。毕业后，由育德中学校方介绍到保定第二女子师范当职员。后又到南方从军，不久回保定，失业，募捐办一小报。记得一年暑假，我们同住在育德中学的小招待楼里，他时常给我们唱《国际歌》和《中国少年先锋队队歌》。

到同口小学后，他兼音乐课和体操课。他在校外租了一间房，闲时就和同事们打小牌。他精于牌术，赢一些钱，补助家用。我是一次也没有参加过的。我住在校内，有一天中午，我从课堂上下来，在我的宿舍里，他正和一位常到学校卖书的小贩谈话。小贩态度庄严，侯肃然站立在他的面前聆听着。抗日以后，这位书贩，当了区党委的组织部长。使我想起，当时在我的屋子里，他大概是在向侯传达党的任务吧。

侯在同口有了一个女孩，要我给起个名儿，我查了查字典，取了"茜茜"二字。

侯为人聪明外露，善于交际，读书不求甚解，好弄一些小权术，颇得校长信任。一天夜里，有人在院中贴了一张大传单，说侯是共产党。侯说是姓陈的训育主任陷害他，要求校长召集会议，声称有姓陈的就没有姓侯的。我忘记校长是怎样处置这个事件的，好像是谁也没有离开吧。不知为什么，我当时颇有些不相信是那位姓陈的干的，倒觉得是侯的一种先发制人的权谋。不久，学校也就放暑假，卢沟桥事变也发生了。

暑假以后，因为天下大乱，家乡又发了大水，我就没有到学校去。侯在同口、冯村一带，同孟庆山，组织抗日游击队，成立河北游击军，侯当了政治部主任。听说他扣押了同口二班的一个地主，随军带着，勒索军饷。

冬季，由我县抗日政府转来侯的一封信，叫我去肃宁看看。家里不放心，叫堂弟同我去。我在安平县城，见到县政治指导员李子寿，他说司令部电话，让我随新收编的杨团长的队伍去。杨系土匪出身，队伍更不堪言，长袍、袖手、无枪者甚众。杨团长给了我一匹马。一路上队伍散漫无章，至晚才到了肃宁，其实只有七十里路。司令部有令：杨团暂住城外。我只好只身进城，被城门岗兵用刺刀格住。经联系，先见到政治部宣传科刘科长。很晚才见到侯。那时的肃宁城内大街，灯火明亮，人来人往，抗日队伍歌声雄壮，饭铺酒馆，家家客满，锅勺相击，人声喧腾。

侯同他的爱人带着茜茜，住在一家地主很深的宅子里，他把盒子枪上好子弹，放在身边。

第二天，他对我说："这里太乱，你不习惯。"正好有人民自卫军司令部的一辆卡车，要回安国，他托吕正操的阎参谋长，把我带去。上车时风很大，他又去取了一件旧羊皮军大衣，叫我路上御寒。到了安国，我见到阎素、陈乔、李之琏等过去的同学同事，他们都在吕的政治部工作。

一九三八年春天，人民自卫军司令部，驻扎安平一带，我参加了抗日工作。一天，侯同家属、警卫，骑着肥壮高大的马匹来到安平，说是要调到山里学习，我尽地主之谊，请他们到家里吃了一顿饭。侯没有谈什么，他的妻子精神有些不佳。

一九三九年，我调到山里，不久就听说，侯因政治问题，已经不在人间。详细情形，谁也说不清楚。

今年，有另一位中学同学的女儿从保定来，是为她的父亲谋求平反的。说侯的妻子女儿，也都不在了。他的内弟刘韵波，是在晋东南抗日战场上牺牲的。这人我曾在保定见过，在同口，侯还为他举行过音乐会，美术方面也有才能。

当时代变革之期，青年人走在前面，充当搏击风云的前锋。时代赖青年推动而前，青年亦乘时代风云冲天高举。从事政治、军事活动者，最得风气之先。但是，我们的国家，封建历史的黑暗影响，积压很重。患难相处时，大家一片天真，尚能共济，一旦有了名利权势之争，很多人就要暴露其缺点，有时就死非其命或死非其所了。热心于学术者，表现虽稍落后，但就保全身命来说，所处境地，危险还小些。当然遇到"文化大革命"，虽是不问政治的书呆子，也就难以逃脱其不幸了。

四

一九四七年，我又到白洋淀一行。我虽然在《冀中导报》吃饭，但并不是这家报纸的正式记者。到了安新县，就没有按照采访惯例，到县委宣传部报到，而是住在端村冀中隆昌商店。商店的经理是刘纪，原是新世纪剧社的指导员，为人忠诚热情，是个典型的农村知识分子。在他那里，我写了几篇关于席民生活的文章，因为是商店，吃得也比较好。

刘纪在"三反""五反"运动中，受到批评，也受到一些委屈，精神有很长时间失常。现在完全好了，家在天津，还是不忘旧交，常来看我。他好写诗，有新有旧，订成许多大本子，也常登台朗诵。

他的记忆力，自从那次运动以来，显然是很不好，常常丢失东西。"文化大革命"后期，我在佟楼谪所，他从王林处来看我，坐了一会走了，随即于雁军追来，说是刘纪错骑了她的车子。我说他已经走了老半天，你快去追吧。于雁军刚走，刘纪的儿子又来了，说他爸爸的眼镜丢了，是不是在我这里。我说："你爸爸在我这里，他携带什么东西，走时我都提醒他，眼镜确实没丢在这里，你到王林那里去找吧！"他儿子说："你提醒他也不解决问题，他前些日子去北京，住在刘光人叔叔那里，都知道他丢三落四，临走叔叔阿姨都替他打点什物，送他出门，在路上还不断问他落下东西没有，他说，这次可带全了，什么也没落下。到了车站，才发现他忘了带车票！"

我一直感念刘纪，对我那段生活和工作，热情地帮助和鼓励。那次在佟楼见面，我送了他三部书：一、石印《授时通考》；二、石印《南巡大典》；三、影印《云笈七笺》。其实都不是什么贵重之物。那时发还了抄家物品，我正为书多房子小发愁，

173

也担心火警。每逢去了抽烟的朋友，我总是手托着烟盘，侍立在旁边，以免火星飞到破烂的旧书上。送给他一些书，是减去一些负担，也减去一些担惊受怕。但他并不嫌弃这些东西，表示很高兴要。在那时，我的命运尚未最后定论，书也还被认为是四旧之一，我上赶送别人几本，有时也会遭到拒绝。所以我觉得刘确是个忠厚的人。

这就使我联想到另一个忠厚的人，刘纪的高小老师，名叫刘通庸。抗日时我认识了他，教了一辈子书，读了一辈子进步的书，教出了许多革命有为的学生，本身朴实得像个农民，对人非常热情、坦率。

我在蠡县的时候，常常路过他的家，他那时已经患了神经方面的病症，我每次去看他，他总不在家，不是砍草拾粪，就是放羊去了。他的书很多，堆放在东间炕头上，我每次去了，总要上炕去翻看一阵子，合适的就带走。他的老伴，在西间纺线，知道是我，从来也不闻不问，只管干她的活。

五

既然到了安新，我就想到同口去看看，说实在话，我想去那里，并不是基于什么怀旧之情。到了那里，也没有找过去的同事熟人，我知道很多人到外面工作去了。我投宿在老朋友陈乔的家里，这也是抗日战争期间养成的习惯，住在有些关系的人家，在生活上可以得到一些特殊照顾。抗日期间，是统一战线政策，找房子住，也不注意阶级成分，住在地主、富农家里，房间、被褥、饮食，也方便些。

但这一次却因为我在《一别十年同口镇》这篇文章的结尾，说了几句朋友交情的话，其实也是那时党的政策，连同《安新游记》等篇，在同年冬季土地会议上，受到了批判。这两篇文章，前者的结尾，后者的开头，后来结集出版时，都做过修改。此次淮舟从报纸复制编入，一字未动，算是复其旧观。也看不出有什么问题，这是因为时过境迁，人的观点就随着改变了。当时弄得那么严重，主要是因为我的家庭成分，赶上了时候，并非文字之过。同时，山东师范学院，也发现了《冀中导报》上的批判文章，也函请他们复制寄来，以存历史实际。

我是老冀中，认识人也不少，那里的同志们，大体对我还算是客气的。有时受批，那是因为我不知趣。土改以后，我在深县工作半年，初去时还背着一点黑锅，但那时同志间，毕竟是宽容的，在我离开那里的时候，县委组织部长穆涛，给我的鉴定是：知识分子与工农干部相结合的模范！这绝不是我造谣，穆涛还健在。

当然，我不能承担这么高的评语。但我在战争年代，和群众相处，也确实还合得来。在那种环境，如果像目前这样生活，

175

我就会吃不上饭，穿不上鞋袜，也保全不住性命。这么说，也有些可以总结的经验吗？有的。对工农干部的团结接近，我的经验有两条：一、无所不谈；二、烟酒不分。在深县时，县长、公安局长、妇联主任都和我谈得来。对于群众，到了一处，我是先从接近老太太们开始，一旦使她们对我有了好感，全村的男女老少，也就对我有了好感。直到现在，还有人说我善于拍老太太们的马屁。此外，因为我一向不是官儿，不担任具体职务，群众就会对我无所要求，也无所顾忌。对他们来说，我就像山水花鸟画一样，无益也无害。

这样说个家长里短的，就很方便。此外，为人处世，就没有什么好的经验可以总结了。对于领导我的人，我都是很尊重的，但又不愿多去接近；对于和文艺工作有些关系的人，虽不一定是领导，文化修养也不一定高，却有些实权，好摆点官架，并能承上启下、汇报情况的人，我却常常应付不得其当。

六

话已经扯得很远，还是回到同口来吧。听说，我教书的那所小学校，楼房拆去了上层，下层现在是公社的仓库。当年同事，有死亡的，也有健在的。在天津，近几年，发现两个当年的学生，一个是六年级的刘学海，现任水利局局长，前几天给我送来一条很大的鱼。一个是五年级的陈继乐，在军队任通讯处长，前些时给我送来一瓶香油。刘学海还说，我那时教国文，不根据课本，是讲一些革命的文艺作品。对于这些，我听起来很新鲜，但都忘记了。查《善阁室纪年》，关于同口，还有这样的记载："'五四'纪念，做讲演。学生演出之话剧，系我所作，深夜突击，吃冷馒头、熬小鱼，甚香。"

　　淮舟在编我的作品目录时，忽然想编一本书，包括我写的关于白洋淀的全部作品。最初，我是一点兴趣也没有的，也不好打他的兴头。又要我写序，因此联想起很多旧事，写起来很吃力，有时也并不是很愉快的。因为对于这一带人民的贡献和牺牲来说，在文艺作品中的反映，是太薄弱了。

　　　　　　　　　　1981 年 6 月 17 日雨后写讫

　　　　　　　　　　（原载 1981 年第 6 期《莲池》）

新年悬旧照

　　我在年轻的时候，也是很爱照相的。中学读书时，同学同乡，每年送往迎来，总是要摄影留念，都是到照相馆去照，郑重其事，题字保存。

　　抗日战争时期，日本人一到村庄，对于学生，特别注意。

　　凡是留有学生头，穿西式裤的人，见到就杀。于是保留了学生形象的相片，也就成了危险品。我参加了抗日，保存在家里的照片，我的妻，就都放进灶火膛里把它烧了。

　　我岳父家有一张我的照片，因为岳父去世，家里都是妇孺，没人知道外面的事，没有从墙上摘下来。叫日本鬼子看到，非要找相片上的人不可；家里找不到，在街上遇到一个和我容貌相仿的青年，不问青红皂白，打了个半死，经村里人左说右说，才算保住了一条性命。

　　这是抗战胜利以后，我刚刚到家，妻对我讲的一段使人惊心动魄的故事。她说："你在外头，我们想你。自从出了这件事，我就不敢想了，反正在家里不能待，不管到哪里去飞吧！"

一九八一年编辑文集，苦于没有早期的照片，李湘洲同志提供了他在一九四六年给我照的一张。当时，我从延安回到冀中，在蠡县下乡体验生活，是在蠡县县委机关院里照的。

我戴的毡帽系延安发给。棉袄则是到家以后，妻为我赶制的。

当时经过十四年战争，家中又无劳力，家用已经很是匮乏，这件棉袄，是她用我当小学教员时所穿的一件大夹袄改制而成。

里面的衬衣，则是我路过张家口时，邓康同志从小市上给我买的。时值严冬，我穿上这件新做的棉衣，觉得很暖和，和家人也算是团聚一起了。

晚年见此照片，心里有很多感触，就像在冬季见到了春草春花一样。这并非草木可贵，而是时不再来。妻亡故已有十年，今观此照，还隐约可以看见她的针线，她在深夜小油灯下，为我缝制冬装的辛劳情景。这不能不使我回忆起入侵敌寇的残暴，以及我们这一代人所度过的艰难岁月。

1981 年 12 月

老同学

赵县邢君，是我在保定育德中学上高中时的同班同学。当时，他是从外地中学考入，我是从本校初中毕业后，直接升入的。他的字写得工整，古文底子很好，为人和善。高中两年同窗，我们感情不错。

毕业后，他考入北京大学中文系，我则因为家贫，无力升学，在北平流浪着。我们还是时有过从，旧谊未断。为了找个职业，他曾陪我去找过中学时的一位国文老师。事情没有办成，我就胡乱写一些稿子，投给北平、天津一些报纸。文章登不出来，我向他借过五元钱。后来，实在混不下去，我就回老家去了。

他家境虽较我富裕，也是在求学时期。他曾写信给我，说他心爱的二胡，不慎摔碎了，想再买一把，手下又没钱。意思是叫我还账。我回信说，我实在没钱，最近又投寄一些稿件，请他星期日到北京图书馆，去翻翻近来的报纸，看看有登出来的没有。如果有，我的债就有希望还了。

他整整用了半天时间，在图书馆翻看近一个月的平津报纸，回信说：没有发现一篇我的文章。

这些三十年代初期的往事，可以看出我们那时都是青年人，有热情，但不经事，有一些天真的想法和做法。

从此以后，我们就没有再见过面，那五元钱的债，也一直没有偿还。

前年春夏之交，忽然接到这位老同学的信，知道他已经退休，回到本县，帮助编纂地方志。他走过的是另一条路：大学毕业后，就在国民党政权下做事。目前处境不太好，又是孤身一人。

我叫孩子给他寄去二百元钱，也有点还债的意思。这是解决不了多少问题的。我又想给他介绍一些事做，也一时没有结果。最后，我劝他写一点稿子。

因为他曾经在旧中华戏曲学校任过职，先写了一组谈戏的文章寄来。我介绍给天津的一家报纸，只选用了两篇。当时谈京剧的文章很多，有些材料是重复了。

看来投稿不顺利，他兴趣不高，我也有点失望。后来一想：老同学有学识，有经历，文字更没问题，是科班出身。可能就是没有投过稿，摸不清报纸副刊的脾气，因此投中率不高。而我给报纸投稿，不是自卖自夸，已有半个世纪以上的历史，何不给他出些主意，以求改进呢？从报上看到钱穆教授在台湾逝世，我就赶紧给老同学写信，请他写一篇回忆文字寄来，因为他在北大听过钱的课。

这篇文章，我介绍给一家晚报，很快就登出来了。老同学兴趣高涨，接连寄来一些历史方面的稿件，这家报纸都很快刊登，编辑同志并向我称赞作者笔下干净，在目前实属难得。

这样，一个月能有几篇文章发表，既可使他老有所为，生活也不无小补，我心中是非常高兴的。每逢把老同学的稿子交到报社，我便计算时日，等候刊出。刊出以后，我必重读一遍，看看题目有无变动，文字有无修改。

这也是一种报偿，报偿三十年代，老同学到北京图书馆，为我查阅报纸的劳绩。不过，这次并不是使人失望，而是充满喜悦、充满希望的。老同学很快就成为这家报纸的经常撰稿人了。

老同学在旧官场，混了十几年，路途也是很坎坷的，过去，恐怕从没有想过投稿这件事。现在，踏入这个新门槛，也会耕之耘之，自得其乐的吧。

芸斋曰：余之大部作品，最早均发表在报纸副刊。晚年尤甚，所作难登大雅之堂，亦无心与人争锋争俏，遂不再向大刊物投稿，专供各地报纸副刊。朋友或有不解，以为如此做法，有些自轻趋下。余以为不然。向报纸投稿，其利有三：

一为发表快，二为读者面广，三为防止文章拉长。况余初起步时，即视副刊为圣地，高不可攀，以文章能被采用为快事、幸事！至老不疲，亦完其初衷，示不忘本之意也。唯投稿副刊，必有三注意：一、了解编辑之立场、趣味；二、不触时忌而能稍砭时弊；三、文字要短小精悍而略具幽默感。书此，以供有志于进军副刊者参考。鲁迅文学事业，起于《晨报副刊》，讫于《申报副刊》，及至卧床不起，仍呼家人"拿眼镜来，拿报纸来！"此先贤之行谊，吾辈所应借鉴者也。

1990 年 11 月 12 日

新居琐记

——锁门

过去，我几乎没有锁门的习惯。年幼时在家里，总是母亲锁门，放学回来，见门锁着进不去，在门外多玩一会儿就是了，也不会着急。以后在外求学，用不着锁门；住公寓，自有人代锁。再后，游击山水之间，行踪无定，抬屁股一走了事，从来没有想过，哪里是自己的家门，当然更不会想到上锁。

进城以后，我也很少锁门，顶多在晚上把门插上就是了。

去年搬入单元房，锁门成了热话题。朋友们都说：

"千万不能大意呀，要买保险锁，进出都要碰上呀！"

劝告不能不听，但习惯一下改不掉。有一次，送客人，把门碰上了，钥匙却忘在屋里。这还不要紧，厨房里正在蒸着米饭，已有二十分钟之久，再过二十分就有饭煳、锅漏，并引起火灾的危险，但无孔可入。门外彷徨，束手无策，越想越怕，一身大汗。

后来，一下想起儿子那里还有一把钥匙，求人骑车去要了来。万幸，儿子没有外出，不然，必会有一场大难。

"把钥匙装在口袋里！"朋友们又告诫说。

好，装在裤子口袋里。有一天起床，钥匙滑出来，落在床上，没有看见，就碰上门出去了。回来一摸口袋，才又傻了眼。好在这回，屋里没有点着火，不像上次那么着急，再求人去找找儿子就是了。

"用绳子把钥匙系在腰带上！"朋友们又说。

从此，我的腰带上，就系上了一串钥匙，像传说中的齐白石一样。

每一看到我腰里拖下来的这条绳子，我就哭笑不得。我为此，着了两次大急，现在又弄成这般状态，究竟是为了什么？是因为我有了一所房子，有了自己的家门？我的家里，到底有什么宝贵的东西，值得如此戒备森严呢？不就是那些破旧衣服、破旧家具、破旧书画吗？这些东西，也并不是新近置买，不是多年就有了吗？"环境不同了，时代不同了。"朋友们说。我觉得是自己和过去不同了，心理上有些变化了。

我已经停止了云游的生活，我已经失去了四大皆空的皈依，我已经返回人间世俗。总之，一把锁把我的心紧紧锁起，使它同以往的大自然、大自由、大自在，都断绝了关系。

我曾经打断身上的桎梏，现在又给自己系上了绳索。

我曾经从这里出走，现在又回到这里来了。

1990 年 2 月 5 日，昨日立春

老年文字

——文事琐谈

最近写了一篇文章，叫女儿抄了一下，放在抽屉里。有一天，报社来了一位编辑，就交给他去发表。发出来以后，第一次看，没有发现错字。第二次看，发现"他人诗文"，错成了"他们诗文"，心里就有些不舒服。第三次看，又发现"入侍延和"，错成了"入侍廷和"；"寓意幽深"，错成了"意寓幽深"，心里就更有些别扭了。总以为是报社给排错了，编辑又没有看出。

过了两天，又见到这位编辑，心里存不住话，就说出来了。为了慎重，加了一句："也许是我女儿给抄错了。"

女儿的抄件，我是看过了的，还做了改动。又找出我的原稿查对，只有"延和"一词，是她抄错，其余两处，是我原来就写错了，而在看抄件时，竟没有看出来，错怪了别人，赶紧给编辑写信说明。

这完全可以说是老年现象，过去从来没有发生过。我写作多年，很少出笔误，即使有误，当时就觉察到改正了。为什么现在的感觉如此迟钝？我当编辑多年，文中有错字，一遍就都看出来了。为什么现在要看多遍，还有遗漏？这只能用一句话回答：老了，眼力不济了。

所谓"文章老更成"，"姜是老的辣"，也要看老到什么程度，也有个限度。如果老得过了劲，那就可能不再是"成"，而是"败"；不再是"辣"，而是"腐烂"了。

我常对朋友说，到了我这个年纪，还写文章，这是一种习惯，一种惰性。就像老年演员，遇到机会，总愿意露一下。

说句实在话，我不大愿意看老年人演的戏。身段、容貌、脚手、声音，都不行了。当然一招一式、一腔一调，还是可以给青年演员示范的，台下掌声也不少。不过我觉得那些掌声，只是对"不服老"这种精神的鼓励和赞赏，不一定是因为得到了真正的美的享受。美，总是和青春、火力、朝气，联系在一起的。我宁愿去看娃娃们演的戏。

己之视人，亦犹人之视己。老年人写的文章，具体地说，我近年写的文章，在读者眼里，恐怕也是这样。

我从来不相信，朋友们对我说的，什么"宝刀不老"呀，"不减当年"呀，一类的话。我认为那是他们给我捧场。有一次，我对一位北京来的朋友说："我现在写文章很吃力，很累。"

朋友说："那是因为你写文章太认真，别人写文章是很随便的。"

当然不能说，别人写文章是随便的。不过，我对待文字，也确是比较认真的。文章发表，有了错字，我常常埋怨校对、编辑不负责任。有时也想，错个把字，不认真的，看过去也就完了；认真的，他会看出是错字。何必着急呢？前些日子，我给一家报纸写读书随笔，一篇一千多字的文章，引用了四个清代人名，竟给弄错了三个。我没有去信要求更正，编辑也没有来信说明，好像一直没有发现似的。这就证明，现在人们对错字的概念，是如何的淡化了。

不过，这回自己出了错，我的心情是很沉重的，今后如何补救呢？我想，只能更认真对待。比如过去写成稿子，只看两三遍；现在就要看四五遍。发表以后，也要比过去多看几遍。庶几能补过于万一。

老年人的文字，有错不易得到改正，还因为编辑、校对对他的迷信。我在大杂院住的时候，同院有一位老校对。我对他说："我老了，文章容易出错，你看出来，不要客气，给我改正。"他说："我们有时对你的文章也有疑问，又一想你可能有出处，就照排了。"我说："我有什么出处？出处就是辞书、字典。今后一定不要对我过于信任。"

比如这次的"他们诗文"，编辑一眼就可以看出是不通的，有错的。但他们几个人看了，都没改过来。这就因为是我写的，不好动手。

老年文字，聪明人，以不写为妙。实在放不下，以少写为佳。

1990 年 9 月

故园的消失

　　土改后，老家剩下三间带耳房的北屋。举家来津后，先是生产大队放置农具，原来母亲放在屋里的一些木料和杂物，当家本院的，都拿去用了，连两条木炕沿也拆走了。但每年雨季，他们见房子坍塌漏雨，也给修理修理。后来房顶茅草丛生，房基歪斜，生产队也没有了，就没有人再愿意管它。

　　村支部书记曾给我来过一封信，说明这种情况，问我如何处理。那时外面事情很多，我心里乱糟糟，实在顾不上这些事，就写了一封回信，大意是：也不拆，也不卖，听其自然，倒了再说。

　　后来知道，这座老屋，除去有倒塌的危险，还妨碍着村里新的街道规划。"文化大革命"后不久，当捐献集资之风刮起的时候，村里来了三个人：老支书、新支书和一个老贫农团员。我先安排他们找了个旅舍住下，并说明我这里没有人做饭，给了他们三十元钱，到附近饭馆用餐。第二天上午，才开始谈话。

他们说村里想新建一所小学校，县里又不给拨款，所以出来找找在外地工作的同志。

我开门见山地说："建小学，每个人都有责任。从我在村里上小学时，就没有一个正规的校舍，都是借用人家的闲房闲院。可是，你们不能对我抱过高的希望。村里传说我有多少钱，那都是猜想。我没有写出很红的书，销数都不大。过去倒是存了一些稿费，'文化大革命'时，大部分都上缴了。现在老了，也写不了多少东西，稿费也很低。"我说着，从书柜里拿出新出版的一本散文集，对他们说：

"这样一本书，要写一年多，人家才给八百元。你们考虑过那几间破房吗？"

"倒是考虑过。"老支书说。

我说："有两个方案：一个是我给你们两千元。一个是你们回去把旧房拆了卖了，我再给一千元。"

他们显然有些失望，同意了第二个方案。并把我给他们的饭费还给了我，说这是因公出差，回去可以报销，就告辞了。

又过了些日子，听说有报纸报道了我捐资兴学的消息，县里也来信表扬，我都认为是小题大做。后来，本乡的乡长又来了，说是想把新盖的小学，以我的名字命名。我说："别开玩笑。我拿两千块钱，就可以命名一所小学；如果拿两万，岂不是可以命名一所大学了吗？我的奉献是很微薄的，我们那里如果有个港商就好了。"

"你给题个校名吧！"乡长说。

我说："我的字写不好，也不想写。回去找个写好字的给写一下吧。"

我送给他一本《风云初记》和一本《芸斋小说》。

这件事就结束了。至此，老家已经是空白，不再留一草一木、一砖一瓦。这标志着：父母一辈人的生活经历、生活方式、生活志趣、生活意向的结束。也是一个从无到有，又从有到无的自然过程。

但老屋也留下了一张照片，这是儿子那年出差路经我村时拍摄的。可以看到，下沉的房基、油漆剥尽的屋门、空荡透风的窗棂、房前的杂草树枝、墙边的一只觅食的母鸡。儿子并说，他拍照时，并没有碰见一个村里的人。

芸斋主人曰：余少小离家，壮年军伍。虽亦眷恋故土，实少见屋顶炊烟。中间并有有家不得归者三次，时间相加十余年。回味一生，亲人团聚之情少，生离死别之痛多。漂萍随水，转蓬随风，及至老年，萍滞蓬摧，故亦少故园之梦矣。唯祝家乡兴旺、人才辈出而已。

1991 年 5 月 30 日

残瓷人

这是一个小女孩的白瓷造像。小孩梳两条小辫，只穿一条黄色短裤。她一手捧着一只小鸟，一手往小鸟的嘴中送食，这样两手和小鸟，便连成了一体。

这是我一九五一年，从国外一个小城市买回的工艺品。那时进城不久，我住在一个大院后面，原来是下人住的小屋，房间里空空，我把它放在从南市旧货摊上买回的一个樟木盒子里。后来，又放进一些也是从旧货摊上买来的小玩意儿，成了我的百宝箱。

有一年，原在冀中的一位老战友来看我。我想起在抗日战争时期，我过封锁线，他是军分区的作战科长，常常派一个侦察员护送我，对我有过好处，一时高兴，就把百宝箱打开，请他挑几件玩意儿。他选了一对日本烧制的小花瓶，当他拿起这个小瓷人的时候，我说："这一件不送，我喜欢。"

他就又放下了。为了表示歉意，我送了他一张董寿平的杏

194

花立轴。他高兴极了。

后来我的瓷器多了，买了一个玻璃柜，专放瓷器，小瓷人从破木盒升格，也进入里面。"文化大革命"，全被当作四旧抄走了。其实柜子里，既没有中国古董，更没有外国古董。它不过是一件哄小孩的瓷器，底座上标明定价，十六个卢布。

落实政策，瓷器又发还了。这真是有组织、有计划的抄家，东西保存得很好，一件也没有损失，小瓷人也很好。

我已经没有心情再玩弄这些东西，我把它们放在一个稻草编的筐子里。一九七六年大地震，我屋里的瓷器，竟没有受损，几个放在书柜上的瓶子，只是倒在柜顶上，并没有滚落下来。小瓷人在草筐里，更是平安无事。

但地震震裂了屋顶。这是旧式房，天花板的装饰很重，一天夜里下雨，屋漏，一大块天花板的边缘部分，坠落下来，砸倒了草筐，小瓷人的两只手都断了。

我几经大劫，对任何事物，都没有了惋惜心情。但我不愿有残破的东西，放在眼前身边。于是，我找了些胶水，对着阳光，很仔细地把它的断肢修复，包括几片米粒大小的瓷皮，也粘贴好了。这些年，我修整了很多残书，我发现自己在修修补补方面，很有一些天赋。如果不是现在老眼昏花，我真想到国家的文物部门，去谋个差使。

搬家后，我把小瓷人带入新居，放在书案上。不知为什么，我忽然有些伤感了。我的一生，残破印象太多了，残破意识太浓了。大的如"九一八"以后的国土山河的残破，战争年代的城市村庄的残破。"文化大革命"的文化残破、道德残破。个人的故园残破、亲情残破、爱情残破……我想忘记一切。我又把小瓷人放回筐里去了。

司马迁引老子之言：美好者不祥之器。我曾以为是哲学之至道，美学的大纲。这种想法，当然是不完整的，很不健康的。

秋凉偶记

——扁豆

北方农村，中产以下人家，多以高粱秸秆，编为篱笆，围护宅院。篱笆下则种扁豆，到秋季开花结豆，罩在篱笆顶上，别有一番风情。

扁豆分白、紫两种，花色亦然，相间种植，花分两色，豆各有形，引来蜂蝶，飞鸣其间，又添景色不少。

白扁豆细而长，紫扁豆宽而厚，收获以后者为多。

我自幼喜食扁豆，或炒或煎。煎时先把扁豆蒸一下，裹上面粉，谓之扁豆鱼。

吃饭是一种习性，年幼时好吃什么，到老年还是好吃什么。现在农贸市场，也有扁豆上市。

每逢吃扁豆，我就给家人讲下面一个故事：

一九三九年秋季，我在阜平县打游击，住在神仙山顶上。这座山很高很陡，全是黑色岩石，几乎没有人行路，只有牧羊人能上去。

山顶的背面，却有一户人家。他家依山盖成，门前有一小片土地，种了烟草和扁豆。

他种的扁豆，长得肥大出奇，我过去没有见过，后来也没有见过。

扁豆耐寒，越冷越长得多。扁豆有一种膻味，用羊油炒，加红辣椒，最是好吃。我在他家吃到的，正是这样做的扁豆。

他的家，其实就是他一个人。他已经四十开外，还是独身。身材高大，皮肤的颜色，和他身边的岩石，一般无二。

他也是一个游击队员。

每天天晚，我从山下归来，就坐在他已经烧热的小炕上，吃他做的玉米面饼子，和炒扁豆。

灶上还烤好了一片绿色烟叶，他在手心里揉碎了，我们俩吸烟闲话，听着外面呼啸的山风。

芸斋曰：此时同志，利害相关，生死与共，不问过去，不计将来，可谓一心一德矣。甚至不问乡里，不记姓名，可谓相见以诚矣。而自始至终，能相信不疑，白发之时，能记忆不忘，又可谓真交矣。后之所谓同志，多有相违者矣。

1992 年 8 月 13 日清晨

同日又记

——再观藤萝

楼下小花园，修建了一座藤萝架。走廊形，钢筋水泥，涂以白漆。下面还有供游人小憩的座位。但藤萝种了四五年，总爬不到架上去。原因是人与花争位，藤萝一爬到座位那里，妨碍了人，人就把它扒拉到地上去，再爬上来，就把它的尖子揪断。所以直到现在，藤条已经长到拇指那样粗，还是东一条，西一条，胡乱趴在地上。

藤萝这种花也怪，不上架不开花，一上架就开了。去年冬天，有一个老年人，好到这里休息晒太阳，他闲着没事，随手捡了一条塑料绳子，把头起的一根藤条系到架上去，今年开春，它就开了一簇花，虽然一枝独秀，却非常鲜艳。

正当藤萝花开的时候，有几位年轻母亲，带孩子来这里坐。有一个女青年，听口音，看穿衣打扮，好像是谁家的保姆，也带着一个小孩，来架下玩耍。这位小保姆，个儿比较高，长得又健康俊俏，她站在架下，藤萝花正开在她的头上，在早晨的阳光照耀下，就好像谁给她插上去的。

自从改革开放以来，妇女服饰大变，心态也大变。只要穿上一件新潮衣裙，理上一个新潮发型，就是东施嫫母，也自我感觉良好，忽然变成了天仙。她们听着脚下高跟的响声，闻着脸上粉脂的香味，飘飘然地找到了自己的位置和价值。

这位农村来的女青年，站在这些人中间，显得超凡出众。她的美，是一种自然美，包括大自然的水土，也包括大自然的陶冶。她的美，是天生的，不是人为的，更没有描眉画眼的作假。她好像自觉到了这一点，所以她站在这些大城市时髦妇女中间，丝毫没有"不如人家"的感觉。她谈笑从容、对答如流，使得这些青年主妇也不能轻视她的聪明美丽。她成了谈话的中心，鹤立鸡群。

藤萝架旁边，每天还有一些老年妇女练功。教她们的，是一位带有江湖气味的中年人。这是一位热心公益的人，见到藤条散落地下，在他的学生们到来之前，他就找些绳索，把它们一一系到架上去。估计明年春季，藤萝架上，真的要繁花似锦了。

1992 年 8 月 16 日清晨

后富的人

　　这是一处高级住宅区。早晨八点以后，下午五时左右，接送厂长、经理、处长、局长的汽车，川流不息，不过时间不会太长，一会儿就过去了。下午的汽车，一到门口，尾巴就翘了起来。于是主人、司机以及家里人，把带回的大小纸袋子、大小纸箱子，搬到楼上去。

　　带回的东西，吃过用过以后，包装没处存放，就往垃圾道里丢。因此，第二天天还不亮，就有川流不息的捡破烂的人，来到楼群，逐楼寻找，垃圾间的铁门，响声不断。

　　过去，干这种营生的都是本市人，现在都是外地人。他们男男女女，老老少少，破衣烂裳，囚首垢面，背着一个大塑料口袋，手里拿一个铁钩子，急急忙忙地走着，因为就是早晨东西好捡。但时间也不会长，等到接人的汽车来时，他们就都消失了。

　　帮我做饭的妇人，熟于此道。我曾问她：

"前边一个刚从垃圾间出来，后面一个紧跟着就进去，哪里有那么多东西？"

　　她说："一幢楼上，住这么多人家，倒垃圾的习惯也不一样，你知道他什么时候往下倒？也许他刚走，上面就掉下个大纸盒子来，你不是就可以捡到了吗？"

　　她并且告诉我，干这个，只要手脚勤快，一天的收入，是很可观的。就是刚从外地来，一无所有，衣食住行，都可以从中解决。例如破衣服、破鞋帽、干面包、烂水果，可以吃穿；破席子，可以铺用；甚至有药片，可以服。如果胆大些，边旁的破车子，可以骑上；过些日子，再换一个三轮……

　　关于住，她没有讲。我清晨散步的时候，的确遇到过一个外地来的小姑娘，手里提着一个破布包，满身满脸是黑灰。她问我，什么地方可以洗洗脸？我问她为什么弄得这样，她没有说。但我看见她是从一幢楼房的垃圾间出来。

　　国家已经有不少人，先富了起来。这些从农村来城市觅生活的，可以说是后富起来的人吧。

1994 年 8 月 16 日清晨

文字生涯

二十年代中期，我在保定上中学。学校有一个月刊，《文艺》栏刊登学生的习作。

我的国文老师谢先生是海音社的诗人，他出版的诗集，只有现在的袖珍月历那样大小，诗集的名字已经忘记了。

这证明他是"五四"以后，从事新文学运动的人物，但他教课，却喜欢讲一些中国古代的东西。另有一个特别的地方，是他从预备室走出来，除去眼睛总是望着天空，就是挟着一大堆参考书。到了课室，把参考书放在教桌上，也很少看他检阅，下课时又照样搬走，直到现在，我也没想通他这是所为何来。

每次发作文卷子的时候，如果谁的作文簿中间，夹着几张那种特大的稿纸，就是说明谁的作业要被他推荐给月刊发表了，同学们都特别重视这一点。

那种稿纸足足有现在的《参考消息》那样大，我想是因为当时的排字技术低，稿纸的行格，必须符合刊物实际的格式。

在初中几年间，我有幸在这种大稿纸上抄写过自己的作文，然后使它变为铅字印成的东西。高中时反而不能，大概是因为换了老师的缘故吧。

学校毕业以后，我也曾有靠投稿维持生活的雄心壮志，但不久就证明是一种痴心妄想，只好去当小学教师。这样一日三餐，还有些现实可能性，虽然也很不保险。

生活在青年人的面前，总是要展开新的局面的。伟大的抗日战争爆发了，写作竟出乎意料地成为我后半生的主要职业。

抗日战争，在中国共产党领导之下，是有枪出枪，有力出力。我的家乡有些子弟就是跟着枪出来抗日的。至于我们，则是带着一支笔去抗日。没有朱砂，红土为贵。穷乡僻壤，没有知名的作家，我们就不自量力地在烽火遍野的平原上驰骋起来。

油印也好，石印也好，破本草纸也好，黑板土墙也好，都是我们发表作品的场所。也不经过审查，也不组织评论，也不争名次前后，大家有作品就拿出来。群众认为：你既不能打枪，又不能放炮，写写稿件是你的职责；领导认为：你既是文艺干部，写得越多越快越好。

现在回想起来，那时的写作，真正是一种尽情纵意，得心应手，既没有干涉，也没有限制，更没有私心杂念的，非常愉快的工作。这是初生之犊，又遇到了好的时候：大敌当前，事业方兴，人尽其才，物尽其用。

全国解放以后，则是另外一种情形。思想领域的斗争被强调了，文艺作品的倾向，常常和政治斗争联系起来，作家在犯错误后，就一蹶不振。在写作上，大家开始执笔踌躇，小心翼翼起来。

但在解放初，战争时期的余风犹烈，进城以后，我还是写了不少东西。一九五六年大病之后，就几乎没有写。加上一九六六年以后的十年，我在写作上的空白阶段，竟达二十年之久。

人被"解放"以后，仍住在被迫迁居的一间小屋里。没有书看，从一个朋友的孩子那里借来一册大学用的文学教材，内有历代重要作品及其作者的介绍，每天抄录一篇来诵读。

患难余生，痛定思痛。我居然发哲人的幽思，想到一个奇怪的问题：在历史上，这些作者的遭遇，为什么都如此不幸呢？难道他们都是糊涂虫？假如有些聪明，为什么又都像飞蛾一样，情不自禁地投火自焚？我掩卷思考，思考了很长时间，得出这样一个答案：这是由文学事业的特性决定的。是现实主义促使他们这样干，是浪漫主义感召他们这样干。说得冠冕一些，他们是为正义斗争，是为人生斗争。文学是最忌讳说诳话的。文学要反映的是社会现实。文学是要有理想的，表现这种理想需要一种近于狂放的热情。有些作家遇到的不幸，有时是因为说了天真的实话，有时是因为过于表现了热情。

按作品来说，天才莫过于司马迁。这样一个能把三皇五帝以来的，错综复杂的历史，写成他一家之言，并评论其得失，成为天下定论的人，竟因一语之不投机，下于蚕室，身受腐刑。他描绘了那么多的人物，难道没有从历史上吸取任何一点可以用之于自身的经验教训吗？

班固完成了可与《史记》媲美的《汉书》，他特别评论了他的先驱者司马迁，保存了那篇珍贵的材料——《报任少卿书》，使司马迁的不幸遭遇留传后世。班固的评论，是何等高超，多么有见识，但是，他竟因为投身于一个武人的幕下，最后瘐死狱中。对于自己，又何其缺乏先见之明啊！

历史经验，历史教训，即使是前人真正用血写下的，也并不是一定就能接受下来。历史情况，名义和手法在不断变化。例如，在二十世纪之末，世界文明高度发展之时，竟会出现林彪、"四人帮"，梦想在社会主义的中国，建立封建王朝。在文化革命的旗帜之下，企图灭绝几千年的民族文化。遂使艺苑凋残，文士横死，人民受辱，国家遭殃。这一切，确非头脑单纯、感情用事的作家们所能预见得到的。

鲁迅说过，读中国旧书，每每使人意志消沉，在经历一番患难之后，尤其容易如此。我有时也想：恐怕还是东方朔说得对吧，人之一生，一龙一蛇。或者准声而歌，投迹而行，会减少一些危险吧？

这些想法都是很不健康，近于伤感的。一个作家，不能够这样，也不应该这样。如上所述，作家永远是现实生活的真美善的卫道士。他的职责就是向邪恶虚伪的势力进行战斗。

既是战斗，就可能遇到各色敌人，也可能遇到各种的牺牲。

在"四人帮"还没被揭露之前，有人几次对我说，写点东西吧，亮亮相吧。我说，不想写了，至于相，不是早已亮过了吗？在运动期间，我们不只身受凌辱，而且画影图形，传檄各地。老实讲，在这一时期，我不仅没有和那些帮派文人一较短长的想法，甚至耻于和他们共同使用那些铅字，在同一个版面上出现。

这时，我从劳动的地方回来，被允许到文艺组上班了。经过几年风雨，大楼的里里外外，变得破烂、凌乱、拥挤。但人们的精神面貌好像已经渐渐地从前几年的狂乱、疑忌、歇斯底里状态中恢复过来。一位调离这里的老同志留给我一张破桌子。据说好的办公桌都叫进来占领新闻阵地的人占领了。

我自己搬来一张椅子，在组里坐下来。组长向全组宣布了我的工作：登记来稿，复信；并郑重地说，不要把好稿退走了。

说良心话，组长对我还过得去。他不过是担心我受封资修的毒深而且重，不能鉴赏"帮八股"的奥秘，而把他们珍视的好稿遗漏。

我是内行人，我知道我现在担任的是文书或见习编辑的工

207

作。我开始拆开那些来稿，进行登记，然后阅读。据我看，来稿从质量看，较之前些年，大大降低了。作者们大多数极不严肃，文字潦草，内容雷同。语言都是从报上抄来。遵照组长的意旨，我把退稿信写好后，连同稿件推给旁边一位同事，请他复审。

这样工作了一个时期，倒也相安无事。我只是感到，每逢我无事，坐在窗前一张破旧肮脏的沙发上休息的时候，主任进来了，就向我怒目而视，并加以睥睨。这也没什么，这些年我已经锻炼得对一切外界境遇麻木不仁。我仍旧坐在那里，可以说既无戚容，亦无喜色。

同组有一位女同志，是熟人，出于好心，她把我叫到她的位置那里，对我进行帮助。她和蔼地说：

"你很长时间在乡下劳动，对于当前的文艺精神、文艺动态，不太了解吧？这会给工作带来很大困难。"

"唔。"我回答。

她桌子上放着一个小木匣，里面整整齐齐装着厚厚的一叠卡片。她谈着谈着，就拿出一张卡片念给我听，都是林彪和江青的语录。

现在，林彪和江青关于文艺的胡说八道，被当作金科玉律来宣讲。显然，他们比马克思和恩格斯还具有权威性，还受到尊重。他们的聪明才智，也似乎超过了古代哲人亚里士多德。

我不知这位原来很天真的女同志，心里是怎样想的，她的表情非常严肃认真。

等她把所有的卡片都讲解完了，我回到我的座位上去。

我默默地想：古代的邪教，是怎样传播开的呢？是靠教义，还是靠刀剑？世界第二次大战之初，为什么有那么多的人，跟着希特勒这样的流氓狂叫狂跑？除去一些不逞之徒，唯恐天下不乱之外，其余大多数人是真正地信服他，还是为了暂时求得活命？

中午，在食堂吃过饭，我摆好几张椅子，枕着一捆报纸，在办公室睡觉，这对几年来，过着非常生活的我，可以说是一种暂时的享受。天气渐渐冷了，我身上盖着一件破旧的抗日战争时期的战利品——日本军官的黄呢斗篷，触景伤情地想：

在那样残酷的年代，在野蛮的日本军国主义面前，我们的文艺队伍，我们的兄弟，也没有这几年在林彪、江青等人的毒害下，如此惨重的伤亡和损失。而灭绝人性的林彪竟说，这个损失，最小最小最小，比不上一次战役，比不上一次瘟疫。

1978 年 12 月 11 日